I0634941

ANIELA

8º Y²
297

CLICHY. — IMPR. PAUL DUPONT, 12, RUE DU BAC-D'ASNIÈRES.

ANIELA

PAR

LE COMTE WODZINSKI

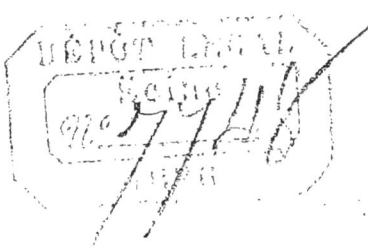

PARIS

E. DENTU, LIBRAIRE-ÉDITEUR

PALAIS-ROYAL, 15-17-19, GALERIE D'ORLÉANS

—

1876

Tous droits réservés

AVANT-PROPOS

Il est des jours où les mêmes inspirations re-
muent les âmes, comme les vents alizés parcourent
une même zone.

Sous leur souffle éclosent les mêmes pensées.

Ainsi sous des cieux divers naissent les mêmes
fleurs.

Elles sont sœurs, mais l'une est ce que n'est pas
l'autre.

> .... *Facies non omnibus una,*
> *Nec diversa tamen, qualem decet esse sororum.*

*
* *

Au printemps dernier, je lisais Aniela à un groupe d'amis. Le grand artiste qui a tracé les lignes qui suivent, et dans lesquelles on sent palpiter la vie, comme l'on voit circuler la séve sous l'écorce des grands arbres, me dit : « C'est bien, et c'est vrai. »

Cela devait me suffire.

*
* *

Je voulus attendre, comme avant de se regarder dans la source le pâtre attend le retour limpide du flot qu'il a troublé.

Un autre fut prêt avant moi.

*
* *

Mais de deux êtres semblables, celui-là doit-il mourir qui vient le dernier ?

L'un comme l'autre a reçu la vie, et la vie donnée ne se reprend plus.

A ceux qui crieront : « Danicheff ! »

Voilà ce que j'aurai à répondre.

PRÉFACE

Paris, 15 juin.

L'auteur d'*Aniela* m'a demandé une préface critique. Je la lui donne de grand cœur, mais je lui ai conseillé d'effacer mon nom qui appartient trop à la politique ou à la polémique, pour paraître dans cette œuvre qui, comme l'amour, appartient à tous les partis. En effet, c'est ici l'éternelle histoire du cœur humain, toujours vieille et toujours jeune, toujours

la même et jamais monotone. Ceci est
simple : Un jeune seigneur slave aime la
fille d'un de ses serfs : il trouve contre
son amour, là-bas les idées de caste et
ici les passions de la grande bohême
parisienne. A la mode du jeune Lamar-
tine, Witold tue une adorable petite
sauvage des grandes plaines des Lechs,
qui meurt comme la sublime petite sauvage d'Ischia. J'ai dit Graziella. En effet,
Graziella est la sœur aînée d'Aniela.
C'est ici parfois la même note ; ce n'est
point le même ton. Graziella est brunie
par le soleil de Naples. Aniela est pâlie
par l'hiver slave. Là, c'est un ton chaud
d'un bleu d'aile de corbeau ; ici, c'est le
ton fauve des hautes herbes des steppes.
Graziella a des yeux noirs. Aniela a
des yeux bleus. Il y a un monde entre
ces deux enfants. Pourtant, elles sont de

la même famille d'amour. Elles mourront
de la même manière, mais elles sont nées
et ont vécu différemment. Leurs deux
layettes cousues font le même linceuil,
dirait un poëte. Moi, je dis simplement
que c'est la loi humaine : partout le
même amour, partout la même tombe.
On dira aussi que cela ressemble à
Danicheff. Si j'étais indiscret je dirais
que c'est Danicheff qui ressemble à ceci.
J'ai connu Aniela avant d'avoir vu Anna.
En tout cas, certains décors sont semblables et certaines situations sont iden-
tiques. C'est le même ciel, mais ce sont
d'autres émotions. Et puis, tant de comé-
dies et tant de drames ont lieu, comme
chez Molière, avec les mêmes décors, que
l'auteur d'*Aniela* ne devra pas s'effarou-
cher si quelque critique dit : « Mais c'est
du Danicheff ! » S'il réclame en faveur de

la priorité de conception, il ne sera pas entendu. Il prouvera son originalité en concevant encore. Ce livre a plus que le théâtre la fouille artistique des détails. Cela lui suffira pour le lendemain. D'autre part, ce roman est si ému, qu'il semble avoir été vécu. Il a sa personnalité incontestable et l'ampleur des horizons.

*
* *

Il me semble, à moi, qui n'ai jamais écrit un roman, que je reconnais certains personnages de ce livre. J'ai connu ce père hautain, ce fils, dont l'amour, —

comme tout ici-bas, même l'hirondelle,
— vit de la mort des autres ; cette enfant
qui aime ; cette cousine, — charmante
fiancée de l'enfance, — qui aime aussi ;
cette tante, née dans une boutique, et
qui, dans son fauteuil de grande dame, a
toujours l'air d'être à son comptoir ;
cette grande bohémienne de Paris, mar-
quise, duchesse ou princesse. Je les ai
vus tous et toutes. J'en ai aimé quelques-
unes. Ces marionnettes vivent. Si on les
touchait, on sentirait de la chair et non
du bois. Si on les pressait trop, on leur
ferait du mal. Certes, on ne pourrait en
dire autant de tous les héros de roman. Je
me trompe fort si le lecteur n'est pas
saisi par la vie qui circule dans ces pages.
Cela remue comme un être. La lumière
et l'ombre passent sur ce livre comme sur
un front d'homme. On entend avec l'o-

reille certains cris. On respire l'âcre
odeur des fleurs slaves, qui ne sont pas
des fleurs artificielles. Et si tout cela ne
compose pas un talent, sinon fait, du
moins qui se complétera nécessairement,
je ne m'y connais pas, ou plus.

*
* *

L'auteur d'*Aniela* appartient à la nouvelle école littéraire. Je ne lui en fais pas
compliment, car l'ancienne valait mieux.
Mais le public préfère la couleur au des-
sin, et je n'ai pas le courage de reprocher
à un jeune écrivain de vouloir se faire

lire. La phrase est ici excellente, quoique touffue. Elle procède également
de l'école réaliste et de l'école romantique.
C'est un compromis. Je n'ai pas besoin
de dire que le public aime ces compromis.
Que l'auteur d'*Aniela* se rassure donc !
Il se rattache à la grande manière par
son amour pour la nature. Ses paysages
sont bons ; un peu vagues et très-aérés,
comme ceux de Corot. Ses descriptions,
très-fouillées, sont réussies. Ai-je tout
dit ? Non, à coup sûr. Mais j'imagine que
j'ai fait assez l'office d'une préface, qui
doit ressembler à ces mains, peintes sur
les murs de Pompéi, dont l'index invite à
entrer. En effet, ici on aime et on aime
vraiment, on meurt avec cette grandeur
fatale et poétique des Slaves. C'est essen-
tiellement humain dans le sens le plus
vaste du mot.

C'est une histoire de passion, où il n'y
a point de rires : cela n'est point parisien.
Aussi bien est-ce l'intérêt de ce beau livre, — beau, je le dis, — parent d'autres
livres, mais personnel, — français, mais
slave.

                                    IG...S.

ANIELA

NOUVELLE SLAVE

C'était au mois de septembre, la nature se dorait des premières teintes de l'automne. Nice m'apparaissait au loin, belle avec ses villas aux blanches façades, étagées en collines se détachant sur le fond sombre des arbres, et son ciel bleu, et la mer calme

comme un grand miroir, tout empourprée
aux feux du soleil couchant ; les vents du
Sud arrivant par bouffées, apportaient avec
eux d'âcres effluves ; les bois d'orangers, les
lauriers roses se balançaient pleins de frémissements. Le jour se retirait lentement et
comme à regret ; je marchais rêvant, bercé
par cet alanguissement de la nature, et ma
pensée s'enfuyait bien loin, vers le Nord,
vers un ciel pâle, triste comme le regard d'un
enfant malade, vers les forêts de pins aux
vertes profondeurs, vibrant comme des
orgues, remplissant les airs de leurs souffles
résineux ! Ah ! c'est que le sol natal est toujours le plus beau, et je restai longtemps à
me le rappeler, ce sol aimé ! Les cloches de
la ville sonnaient à toute volée ; il était tard ;
il fallait rentrer. Quand je me retournai,
jetant un dernier regard à cette mer où
glissaient de roses clartés, à ces bois dont

les dentelures de plus en plus sombres tranchaient sur le ciel qu'irradiaient encore des gerbes de lumière au couchant, je vis en face de moi un jeune homme au front pâle, au regard fixe, perdu dans l'immensité.

*
* *

C'était un hasard, mais le hasard est pour
moitié dans la vie. On se quitte un jour,
plein de confiance, se disant : A demain !
mais demain a creusé son abîme, demain
c'est la mort. D'autres fois on se retrouve
contre toute espérance, où? dans un pays
étranger, au delà des montagnes et des
mers. Qui n'a pas eu de ces surprises? Ce
voyageur que je rencontrai par ce beau soir

d'automne, sur les bords de la Méditerranée, à plus de mille lieues de son pays, c'était Witold S***, mon meilleur ami, un ami d'enfance.

Nous avions grandi ensemble dans ces plaines du Nord, aux herbes frémissantes, s'étendant à perte de vue, que traversent de larges fleuves, que bordent les forêts d'un bleu sombre. Alors c'était le temps heureux ; la vie nous ouvrait ses portes toutes grandes : à lui surtout ; nom, beauté, richesse, il avait tout ; il avait aussi eu des peines, des peines cruelles : sa mère, il ne l'avait point connue, on ne s'était pas serré pour lui faire place au foyer; il avait grandi avec un grand froid dans le cœur, cherchant ce rayon éteint, ces tendresses perdues, pleurant devant cette place vide, et il lui en resta une indicible tristesse. Plus tard, quand vint la jeunesse, quand il sentit circuler dans ses veines la

séve vigoureuse de ses vingt ans, il reprit
confiance. Toutes ses vagues tristesses, ce
besoin d'aimer inassouvi, lui apparurent
dans le lointain de ses souvenirs, comme les
paysages s'effaçant dans la brume avec je
ne sais quoi de doux et de voilé dans leur
mélancolie ; seul, son regard demeura triste,
et triste aussi son sourire ; on sentait qu'il y
avait un germe de souffrance dans son âme.

. . . .

. . . .

. . . .

. . . .

. . . .

Je revoyais Witold après deux ans d'absence, il était là, devant moi, toujours avec
son pâle sourire ; mais cette grâce, cette
jeunesse, cette force de ses vingt ans, tout
tout cela avait disparu : il faisait mal à voir,

les joues enfoncées, les pommettes saillantes, rougies par la fièvre, les yeux démesurément agrandis où s'était concentrée l'étincelle de vie... et il me regardait fixement, comme pour lire son arrêt au dedans de moi-même; j'avais baissé les yeux; je lui pris les mains: elles étaient glacées; je sentais les larmes qui montaient à m'étouffer. Nous restâmes ainsi en face l'un de l'autre : lui ne cessait d'attacher sur moi son regard. Alors, je n'y tins plus, je le pris dans mes bras, je lui disais : « Qu'as-tu? que s'est-il passé? confie-moi tes peines. Ah! Witold, as-tu donc oublié notre amitié? » Il tremblait de tous ses membres et ne répondait pas ; moi, je lui répétais toujours: « Qu'as-tu? que s'est-il passé? » Alors, il parla ; sa voix brève s'arrêtait sifflante dans sa gorge:

—Pas aujourd'hui, demain, nous reviendrons ici; nous serons seuls en face de la

mer. J'ai peur des hommes maintenant. Tu
ne sais donc pas ce que j'ai souffert? C'est
fini, j'attends la mort, je veux le repos.

— Non, non, lui dis-je, ce n'est pas
vrai, tu ne mourras pas ; à ton âge, on oublie.
Tu as aimé ; l'amour a de grandes peines,
mais on n'en meurt pas ; tu aimeras encore,
tu seras heureux.

Et comme je lui parlais ainsi, la voix
toute tremblante d'émotion , l'entraînant
avec moi vers la ville, il se déroba doucement à mon étreinte, disant :

— A quoi bon, pourquoi me tromper?
Crois-moi, je suis las de la vie ; adieu, voici
du monde, laisse-moi, je veux être seul.

Il partit ; un groupe de promeneurs nous
avait séparés ; je voulus courir après lui,
mais déjà j'étais entouré, et puis, j'arrivais
de la veille, les questions s'entre-croisaient :

— Vous, ici ! depuis quand ? que devient-on là-bas ?

— Vous nous resterez ce soir, reprenait la belle madame R....

Elle l'avait dit : je restai.

Le lendemain, je fus de bonne heure sur la plage. Witold m'attendait déjà.

Nous nous assîmes sur un banc de rocher qu'avaient poli les flots. Les vents de la côte nous envoyaient leurs parfums. A l'Orient, le soleil effleurait la surface des eaux. Quelques heures nous séparaient de la marée. Les voiles se détachaient au loin comme des ailes de cygnes sur le fond rouge de l'horizon. Des barques s'éloignaient du rivage et on entendait le bruit cadencé des rames et la voix des pêcheurs se confondant dans le lointain. Au-dessus de nous la ville dormait. Alors, dans ce demi-calme du matin qui précède le grand réveil de la nature, Witold commença son récit :

*
* *

Te rappelles-tu ce dernier mois que nous passâmes ensemble, nos bonnes causeries, nos rires joyeux, nos courses à travers champs et dans les bois, cette cabane du vieux garde perdue entre les pins? Un jour, la pluie tombait à torrents. Nous avions chassé toute la matinée... nous avions faim... nous avions froid... « La hutte! la hutte! » Ce fut un cri de délivrance.

Je frappai à la porte, Kos ouvrit... « Vite,

vieux !... du feu, du pain ! » et nous riions à cœur joie de l'étonnement de notre hôte.

Alors on s'installa sur les larges bancs en face du foyer. Au dehors, la pluie tombait toujours, le vent sifflait, les branches de sapin frappaient les vitres avec un bruit lugubre. Kos se signait : il croyait aux esprits.

Mais que nous importait l'orage ? nous avions un bon feu ; les bûches entassées craquaient avec de longs pétillements ; la flamme montait claire dans l'âtre. Debout, en face de nous, le vieux garde branlait la tête : « Eh ! eh ! que dira-t-on au château ? » répétait-il sans cesse, et, près de la fenêtre, le visage tourné vers le feu qui l'éclairait en plein, Aniela fixait sur nous ses grands yeux étonnés. Je la voyais pour la première fois. Te souvient-il de ces beaux cheveux d'un brun fauve, et de ces lèvres vermeilles,

de cette gorge admirablement modelée où
couraient des veines rosées. Ainsi adossée
contre la muraille, ses longues paupières
mi-closes, elle ressemblait à l'antique
Phryné. Je n'en pouvais détacher les yeux.
Tu l'appelas : « Hé! la belle enfant, verse-
nous à boire ! » et elle vint, souple comme
le peuplier qui borde nos chemins.

Kos la regardait avec ravissement. « C'est
ma fille, nous dit-il, mon unique enfant, j'ai
enterré sa mère, il y a longtemps, là-bas,
sous cette croix de pierre, au tournant du
sentier. Elle aussi, la pauvrette, parle de
mourir, car nous autres, pauvres gens, nous
croyons aux songes, et ses songes lui disent
de mourir. Ah ! mais non, que deviendrais-je
sans elle, mes bons messieurs ? » Il y avait
des larmes dans sa voix ; la jeune fille avait
caché son visage dans ses mains et nous
nous tûmes, respectant leur douleur.

Cependant le ciel devenait clair, le soleil sortait des nuages, radieux, dorant les gouttes d'eau suspendues aux branches. Sous la ramée humide, tout un monde d'oiseaux chantait ; le ciel avait des caresses voilées ; toute cette forêt était pleine de parfums, montant de la terre humide, s'échappant des arbres et des fleurs ; ma poitrine se dilatait au milieu de ce ruissellement de séve ; j'y sentais naître l'amour.

Nos chevaux étaient prêts, il fallait partir, mais je les retenais toujours. Niela (1) se tenait debout au seuil de la porte, et les rouges fleurs de l'aubier encore toutes brillantes de pluie retombaient en grappes au-dessus de sa tête. Quand je me retournai une dernière fois au tournant du sentier, elle était toujours là, immobile.

---

(1) Diminutif d'Aniela.

*
* *

J'avais trouvé l'amour sous cet humble toit de chaume. Ah ! l'amour, qui donc l'expliquera ? L'amour travaille notre âme comme la goutte d'eau creuse la pierre; l'amour nous saisit et nous pousse comme l'épave qu'entraîne le torrent. Hier, il s'appelait amitié ou haine; mais non, ce n'est pas l'amitié, ce n'est pas la haine : c'est l'amour ! L'amour naît aussi d'un choc comme l'éclair :

deux êtres s'aiment un jour : ils ne se con-
naissaient pas la veille ; l'amour fuit comme
le souffle qui ride l'onde ; l'amour s'effeuille
comme une fleur ; l'amour est plus long que
la vie ; l'amour n'a qu'une heure et l'amour
c'est l'éternité.

Oui, j'aimais cette simple enfant des bois,
je l'aimais de toutes mes ardeurs contenues;
elle m'ouvrit le ciel, elle me donna le bonheur tant rêvé : ce vide effrayant de mon
âme, elle le combla à force de tendresse et
d'amour ; ce que j'avais si longtemps, si
vainement cherché, c'était ce sentiment
ineffable. Ah ! mes tristesses mortelles, ces
peines, ces regrets de félicités inconnues, ils
s'évanouissaient maintenant, semblables à
ces masses d'ombre là-bas du côté de l'aurore. J'avais vingt ans : c'est l'âge où se ré-
veillent nos aspirations, nos désirs, nos ardeurs, embrasant nos sens, troublant le

cœur, faisant de notre âme comme un temple où des chants inconnus préludent à de
nouveaux mystères. Celui qui n'a pas tres-
sailli sous ce souffle qui secoue tout notre
être, comme l'ouragan balance le jeune
chêne des forêts, celui-là n'est pas digne de
sa jeunesse. On m'a reproché d'avoir cherché si bas, mais l'amour éternel n'est-il pas
un? ne trouve-t-on pas des perles dans les
bas fonds de l'Océan?... Et puis, j'avais été
si malheureux! Pense donc! n'avoir pas
connu sa mère, avoir à jamais été sevré de
ses caresses, n'est-ce pas être la pauvre
plante battue par les vents qui croît sans
séve et sans rayon?... Je l'ai pleuré de
larmes de sang, cet amour perdu; mon enfance fut sombre comme un soir d'hiver
dans nos forêts. Je souffrais d'un mal lent,
continu; j'étais horriblement délaissé : un
monde faux, des serviteurs rampants, un

père dont l'indifférence me glaçait d'effroi...
j'éprouvais l'effarement de l'être abandonné.
Je voyais jusque dans mes rêves des champs
désolés, où de grandes pierres grises s'éle-
vaient comme des tombeaux, où ne croissait
pas un arbre, où l'horizon était noir et sans
fin ; alors j'appelais... mais ma voix se perdait, et je restais seul dans l'immensité. On
me croyait heureux : toutes les distractions,
toutes les jouissances que procure la fortune,
je les avais... Mais moi, le cœur gonflé
d'amertume, j'enviais le travailleur arra-
chant au sol le pain de chaque jour. Quand
je voyais au matin les gars de la ferme partir à l'ouvrage avec leurs chants et leurs
gros rires, il me prenait des envies d'aller
comme eux remuer cette terre grasse, d'en
aspirer l'âcre buée, mêlant ma sueur à la
leur. Qu'étais-je donc ? une chose entre les
mains de mon père. Je me sentais homme

pourtant, j'avais mes rêves, mes projets d'avenir; cette vie du riche désœuvré me révoltait; que n'eussé-je pas donné pour voir un ami en ce père dédaigneux! Mais non : jamais de confidences, jamais de conseils, d'encouragements. Cette liberté frivole qu'on voulait bien m'accorder était pleine de dénigrements; j'avais cette humiliation de l'être abaissé, la plus amère de toutes; et je ne résistais pas, je m'étais fait à plier la tête, seulement je sentais s'amasser en moi de sourdes colères; je rendis mépris pour mépris; je me prenais à haïr cette société dont je faisais partie. Ma fortune, mes titres, tout ce passé dont j'avais pourtant de secrètes fiertés, je les eusse foulés aux pieds; j'éprouvais une sorte de volupté à m'insulter moi-même, j'en voulais aussi au monde entier. On me raillait; on m'appelait libéral, démagogue : je me faisais une gloire de ces noms. Un jour tout cela changea. L'amour me fit envisager la vie sous un autre aspect ; un grand calme se fit en moi, je fus heureux ; je goûtais les joies du ciel sur cette terre.

*\
* *

Quand tu partis, la solitude m'était devenue légère.

Ainsi que la forêt au retour du printemps, mon âme était pleine de chants, de battements d'ailes et de rayons, glissant sous l'épais feuillage, comme ces formes aimées qui nous sont à tous apparues dans les heures sombres.

* *
*

Dès le lendemain je courus au bois. J'avais des timidités de vierge, des remords, des audaces, des désirs violents. Je m'arrêtai au tournant du sentier, sous le hêtre, tout près du tertre où reposait la femme du vieux garde. Une mousse tendre tapissait le sol; je m'y laissai tomber, rêvant, bercé par ce calme des forêts, seul avec mes pensées.

J'éprouvais ce délicieux frisson de l'attente.

Autour de moi les bois étaient pleins de voix sonores; les merles sifflaient dans le taillis; le gibier passait à mes pieds; les feuilles tombaient avec un frôlement de soie; j'entendais des bruits confus dans le fourré, et des bruissements de branches mortes, et des cris lointains, et de longs silences.

Mais les heures s'écoulaient; et dans l'ombre du soir les arbres devenaient noirs.

Aniela ne vint pas.

* *
*

Le soleil se leva de nouveau radieux comme la veille; mais je n'avais plus en moi cette joie intérieure. Pourquoi l'avais-je attendue si longtemps? que m'importait-elle, après tout?... Sur les rayons de ma bibliothèque mes auteurs favoris me montraient leurs dos poudreux. Je les pris un à un, Horace, Shakespeare, Pindare; je cherchai les passages aimés; je les lus, je les

2

relus, je ne comprenais rien : alors je jetai loin de moi ces livres insipides, et je partis, allant droit devant moi, ne regardant pas en arrière, sentant battre mon cœur comme au jour de la bataille.

Enfin je vis la hutte ; elle m'apparut joyeuse, sa porte toute grande ouverte. Le soleil l'éclairait de ses blancs rayons. Sur le seuil, Kos nettoyait son fusil ; il avait relevé les manches de sa chemise sur ses bras noirs et velus. Les gerbes de maïs suspendues au revers du toit brillaient comme des astragales d'or ; des jattes de lait s'alignaient sous le hêtre, des lièvres, un chevreuil, des faisans aux plumes pourprées gisaient pêlemèle sur la bruyère, à côté du chien qui s'étirait au frais. Au bruit de mes pas, Black dressa l'oreille et se mit à gronder.

« —Tout beau ! Black, » cria le garde ; puis se tournant vers moi : « N'ayez pas peur, il vous connait bien, allez! » J'approchai.

« — Bonjour, vieux ! Vive saint Hubert !
votre chasse est superbe. »

Kos était visiblement flatté ; il avait retiré
son bonnet et le retournait dans sa main.

« — Eh! oui, mon prince, une bonne
chasse, une bonne chasse, » répétait-il en
souriant.

Je regardais autour de moi, les fenêtres
de la maisonnette étaient ouvertes, les mu-
railles blanchies à la chaux se dressaient
toutes nues, avec de grandes ombres dans
les coins ; les pigeons marchaient, becquetant
les grains de mil qu'une main connue leur
avait jetés. J'entendais le bruit régulier du
balancier dont l'aiguille formait toujours le
même angle sombre sur le fond blanc du
mur; mais tout cela me semblait triste et
froid : celle qui éclairait ce réduit n'était pas
là... Kos, lui, continuait à me parler de sa

chasse, puis, sans transition, il passa à sa
fille... Oh! je l'écoutai alors. « La petite est
au lavoir, disait-il, elle ramasse la toile qui
a séché par ces beaux jours de soleil. Voyez-
vous, demain c'est jour de foire à la ville ;
nous la vendrons, monsieur ; il faut bien que
les pauvres gens gagnent quelque chose ;
c'est qu'ils travaillent rude aussi, ah ! mais
rude. »

Le vieux garde répétait toujours la fin de
chaque phrase ; peut-être voulait-il attirer
mon attention ; mais j'étais distrait, je ne lui
répondais pas ; ma pensée était à l'étang où
Aniela lavait sa toile.

Au-dessus de nous, le soleil s'était caché
derrière un nuage, il y avait de grandes
ombres sur le fond jaune du chaume, les
masses couleur d'encre des hauts feuillages
se balançaient avec un bruit vague. Kos
s'était remis à frotter son arme ; nous nous

taisions... c'était triste... et je songeais qu'il suffisait de bien peu de chose pour dissiper notre joie : un rayon voilé, l'absence d'une personne aimée, et notre cœur se serre et notre bonheur s'efface... Comment pouvaient-ils vivre dans cette pauvre cabane? cette forêt me semblait lugubre, maintenant qu'elle n'était pas là... mais les lieux n'ont d'autres charmes que ceux qu'y laissent nos souvenirs. Voilà ce que je pensais, et je dis à Kos qui sifflait un refrain de chasse prenant pour mesure le mouvement de son bras: « N'y a-t-il pas des jours où vous voudriez aller vivre au coteau, là où l'on voit le soleil, où le ciel est large, les horizons libres? Voyez comme il fait sombre ici ! » Mais Kos releva la tête tout surpris.

« — Aller au coteau, et pourquoi faire, bon Dieu ! Je ne pourrais pas vivre ailleurs que dans nos bois. Je connais tout ici ; je vois

2.

pousser les jeunes chênes, se dérouler chaque feuille; je vous dirais quelle fleur s'ouvrira ce soir, par où demain passera le sanglier, où dorment les faons, dans quel tronc les abeilles cachent leur miel; les lézards n'ont plus peur quand je passe au taillis. Ah! mais le gibier se sauve! Notre vie est remplie, nous ne nous ennuyons jamais : le jour, on chasse, on mange son morceau de pain quelque part sur la bruyère, toujours à l'affût. Le soir, dans la belle saison, nous nous asseyons là, sous les hêtres, et nous regardons le ciel où brillent les étoiles : c'est ainsi que j'ai appris à savoir le temps qu'il fera demain... Quand vient l'hiver, nous aimons les longues veillées ; souvent viennent les gardes des environs, nous nous serrons tous autour de l'âtre, la flamme réjouit les cœurs ; alors on devise, on fume, on se raconte les histoires du temps passé, et les

heures s'écoulent vite. Les amis s'en vont:
Aniela file dans son coin, le bruit régulier du
rouet m'endort; quand il cesse, je me ré-
veille; c'est l'heure de ma ronde, je sors,
laissant ma fille à la garde de Dieu... Au
dehors la neige craque sous les pas, et souvent je rentre lorsque le soleil commence à
rougir les glaçons qui pendent aux branches... Ainsi vont les jours, l'un semblable à
l'autre jusqu'à celui de la mort... Mais voici
que le jour baisse, les vieux aiment à causer.
Que Dieu bénisse Votre Seigneurie ! Allons je
m'en vais... eh! eh! le soleil est bas... et les
gardes m'attendent au carrefour... ils m'attendent. »

Et Kos s'éloigna ajustant son fusil sur l'é-
paule... je le suivis longtemps des yeux...
Cet homme était heureux, allais-je troubler
son bonheur?

*
* *

Deux routes aboutissaient à la maison du garde : l'une, celle de droite, conduisait au château, l'autre menait au village et à l'étang. Je pris à gauche... le sort en était jeté !

Ma jument allait au grand trot ; j'éprouvais le besoin de m'étourdir ; les arbres fuyaient, la clairière s'étendait devant moi éclatante et dorée, les bruyères prenaient des teintes de corail. Le soleil, un instant

voilé, se couchait dans toute sa splendeur. Au
bas de la côte que dominaient les bois, dont
le feuillage semblait d'or sur le fond clair
du ciel, l'étang brillait comme un grand miroir ; les pins rigides et sombres, les minces
peupliers, les bouleaux argentés s'y reflé-
taient perpendiculairement. Tout autour le
village s'étageait en collines, et les vertes
prairies se confondaient avec le lointain
bleuâtre de l'horizon. J'attachai ma jument
toute blanche d'écume à un vieux tronc
découronné, j'attendis... Le sentier débou-
chait droit devant moi. Les pâtres rame-
naient leurs troupeaux ; les lavandières
passaient me jetant un sourire ; mais Niela
n'était pas parmi elles. N'allait-elle pas venir? avait-elle pris un autre chemin?... et
déjà le découragement s'emparait de mon
âme... Non, la voici ! elle remonte seule la
côte ; elle chante, sa voix est douce. Oh !

qu'elle me paraît belle ainsi!... Sa jupe de drap rouge laisse à découvert le bas de sa jambe, son corsage bleu, aux gros boutons d'argent, s'entr'ouvre légèrement sur sa poitrine ; les feuilles sèches tremblent sous ses pieds nus et blancs ; ses cheveux retombent en tresses ; elle porte sa toile roulée sur sa tête avec la grâce d'une canéphore. Il me semblera toujours la voir. J'étais à l'ombre, caché par le taillis, je lui dis : « Bonsoir, Niela. » Alors elle s'arrêta et regarda autour d'elle, effrayée.

« — C'est moi, oh ! n'aie pas peur; vois, je t'aborde comme un chrétien : « Que Notre-Seigneur Jésus soit glorifié (1) ! »

Ses joues se colorèrent ; elle me souriait doucement : « Dans tous les siècles des siècles », répondit-elle, tandis que sa voix

_____

(1) Manière de s'aborder chez les Slaves.

tremblait. Je m'étais rapproché d'elle ; je pris sa main, elle la laissa dans la mienne.

« — Pourquoi trembler si fort ; t'aurais-je fait de la peine sans le savoir?

« — Oh! non, j'ai eu peur, c'est fini maintenant ; c'est ici, voyez-vous, que s'est pendu ce pauvre *kowal* (1), l'an dernier, là, à ce tronc ; c'était un bel arbre alors, mais la foudre l'a brisé depuis : moi, je ne passe jamais en ce lieu sans me signer. On dit, monsieur, on dit que le pendu y revient toutes les nuits. Venez, il ne faut pas rester; voyez comme votre cheval est inquiet.

« — Bah ! tu n'es qu'une enfant, le *wisielec* (2) ne revient pas, et puis il ne faut pas parler de ces choses... »

Mais elle se serrait contre moi, et elle

(1) Forgeron.
(2) Le pendu.

tremblait toujours ; nous restâmes ainsi quelques secondes tout près l'un de l'autre, troublés et nous taisant.

« —Viens, lui dis-je enfin, tu as raison, il ne faut pas rester ici, c'est vrai. *Halka* est inquiète, elle voudrait rentrer au gîte. Viens, tu monteras avec moi... *Halka* est douce, ne crains rien. »

Elle me regarda sans répondre.

«— Tu ne veux pas ? Réfléchis pourtant, la hutte est loin et le bois est noir.

«— Je ne sais, dit-elle bien bas, cela ne va pas avec le respect...

« — Eh ! qu'importe le respect ! Allons, viens, hâte-toi, voici la nuit. »

Ma jument fut vite détachée, un instant après nous étions en selle ; je sentais tout contre moi les battements de son cœur.

Halka prit son grand trot, celui qu'elle avait toujours pour rentrer. La soirée était

aîche, le vent qui s'était levé du Nord nous
ouettait au visage ; Niela se retournait sou-
ent comme pour écouter.

« — Ta frayeur n'a donc pas passé, Niela ?

« — Non, je crois entendre des voix qui
ious appellent.

« — Rassure-toi, c'est le vent ; les pins et
es hêtres conversent entre eux, » et je me
appelai la ballade de Gœthe.

> « Sei ruhig, bleibe ruhig, mein Kind,
> In dürren Blättern säuselt der Wind. »

J'éperonnai mon cheval qui partit au ga-
op. Les arbres fuyaient comme des spectres ;
on entendait toujours mugir le vent. Quelques minutes après, nous étions arrivés. La
maisonnette était déserte. Niela jeta sa toile,
puis elle se laissa glisser à terre. « Que
Dieu bénisse Votre Seigneurie ! » dit-elle en

me saluant à la manière du pays. Elle ouvrit
la porte, puis s'arrêta ; moi, je ne me déci-
dais pas à partir. J'avais une fleur à la bou-
tonnière, une azalée cueillie le matin dans le
parc, flétrie maintenant et déjà sèche, je la
lui donnai pourtant.

*
* *

Il est, au tournant de la grande avenue,
un lieu solitaire et charmant. Ce n'est plus
le parc, et ce n'est pas encore la forêt. On y
voit des allées pleines de hautes herbes, des
sentiers tortueux, une clairière où les arbres
abattus ne veulent pas mourir et conservent
leur feuillage. Partout des bouquets d'arbres,
mélèzes, chênes, pins, genêts d'Espagne,
croissent pêle-mêle, formant de superbes

massifs. Sur l'herbe veloutée comme un
tapis d'Orient, la flore sylvestre s'épanouit,
reines des prés, tiges azurées d'aconit, gen-
tianes et pneumonanthes, salicaires aux
nuances pourprées. Au milieu de ces fleurs
coule un ruisseau limpide, et, là-bas, de
l'autre côté de la passerelle qu'enguirlande
le lierre, se dresse une ruine. Ce sont, au
dire des savants, les débris d'un temple
païen. Un hangar est adossé contre la vieille
muraille ; sous ce hangar, des bancs de
pierre tapissés de mousse invitent au repos.
En face, la pâle statue d'un saint, de saint
Procope, si je ne me trompe, se détache à
merveille sur le fond vert des arbres. Cette
statue est à la fois une fontaine : la bouche
du saint laisse perpétuellement couler un
mince filet d'eau ; on la dit miraculeuse, et
tous les ans, à la fête du saint, les malades
arrivent en foule.

Ce fut au milieu de ce site enchanteur que je revis Niela le lendemain.

Elle se tenait appuyée contre la fontaine et regardait l'eau remplissant le bassin. Des bluets, des coquelicots rouges brillaient dans ses cheveux épais ; ses pieds nus, admirablement modelés, tranchaient comme des bas-reliefs d'albâtre sur le socle gris de la statue. Elle avait déposé une couronne de fleurs sur la tête du saint, et les vertes lianes, retombant sur la pierre humide, formaient autant d'écluses par où s'écoulait l'eau.

J'avais traversé la clairière, sous les rayons perpendiculaires d'un soleil vraiment tropical. Ce petit réduit, si vert et si frais, m'apparut semblable à l'oasis que le voyageur au désert salue avec transport.

« — Ah ! Niela, m'écriai-je, le ciel m'envoie

vers toi ; de grâce, un peu d'eau, tout, pour un peu d'eau. »

Elle se retourna vivement, et inclina sa cruche jusqu'à mes lèvres. J'y bus comme jadis Jacob à la fontaine des filles de Laban.

Puis je m'installai sur le banc de pierre ; elle vint s'asseoir près de moi. J'étais à moitié penché vers elle ; ses cheveux effleuraient mon visage ; je sentais son souffle qui m'embrasait. Mais elle s'aperçut de mon trouble et alla s'appuyer contre la fontaine, voulant se mettre sous la garde du saint.

« — Savais tu que je viendrais, lui demandai-je enfin à voix basse ?

« — Oui, répondit-elle.

« — Et comment le savais-tu ?

« — Je le savais, » fit-elle en secouant la tête.

Niela passait, en effet, pour une voyante, dans le pays. On croyait à sa science divina-

toire: elle interprétait les songes, elle conju-
rait les mauvais sorts.

« — C'est donc un esprit qui te l'a dit ?

« — Peut-être... Vous ne croyez pas aux
esprits, vous, monsieur ?

« — Non, certes, je n'y crois pas.

« — Eh bien ! moi, si !... Je savais que vous
viendriez ; je le savais, répétait-elle en fixant
sur moi un regard où brillait un feu sombre ;
je vous attendais depuis longtemps. »

Je me rapprochai d'elle, je lui dis : « Niela,
je t'aime, sois à moi », et j'enlaçai sa taille
souple de mes bras. Elle se dégagea doucement.

« — Non, dit-elle, laissez-moi... Dieu nous
punirait. Ah ! moi aussi, je vous aime...
pourquoi ne pas vous le dire ? Est-ce notre
faute à nous ? Le ciel l'a voulu ainsi ; je devais vous aimer : je vous voyais partout dans
mes songes. Quand vous êtes venu chez mon

père, ce soir d'orage, mon âme vous a reconnu. Maintenant, nous sommes l'un à
l'autre. »

Ah ! si tu l'avais vue me parler ainsi...
tu comprendrais cet amour qui me ronge...
Oui, c'est vrai, nous étions liés à la mort...
C'était une illuminée, qu'importe ! Je l'aimai
de toutes les forces de mon âme, comme on
n'aime qu'une fois dans la vie.

Elle était belle, mais d'une beauté étrange,
à la fois voluptueuse et sainte. Ses cheveux
d'un brun doré comme ceux de la fille du
Titien, s'enroulaient autour d'un front triste,
superbe, diaphane. Dans ses yeux, tour à
tour d'un bleu d'azur ou si sombre qu'on
les eût dit noirs, s'allumaient des éclairs...
Ses narines fines, transparentes, semblaient
taillées dans de la nacre ; ses lèvres frémis-

3.

saient par moments comme sous le souffle d'un baiser ; elle marchait avec la souplesse d'un faon, et cette allure féline, élastique, donnait le délire... Qui donc expliquera le mystère des destinées !... Voilà une enfant du peuple, elle est née sous le chaume, elle n'est pas sortie de ses bois, elle ne connaît rien des choses du monde, c'est à peine si elle lit les prières de son livre d'heures, et pourtant son âme a des profondeurs infinies ; elle a des splendeurs secrètes, semblables à ces réduits des forêts vierges, où le soleil ne fait jamais pénétrer ses rayons, mais où s'épanouissent dans un enchevêtrement plein de séve toutes les richesses de la création. Elle connaît à peine le nom des choses, personne ne lui a parlé de poésie ; elle n'a entendu d'autres chants que les vieilles complaintes redites les soirées d'hiver en face du foyer..... et pourtant cette

humble fille a ses chants à elle, sa poésie,
ses croyances ; dirai-je sa philosophie ?

Assise sous l'ombre des grands bois, écou-
tant le murmure du vent qui balance les
chênes et les pins, elle improvisait et chantait pendant des heures entières sur un
rhythme monotone, mais doux, des complaintes à la Madone, à la nature, aux bois...
Des bois elle avait fait son temple ; elle
parlait aux arbres, elle les appelait des
noms les plus doux... « O chêne ! disait-elle,
maudit le bras, maudite la hache qui frap-
pent ton tronc sacré ! Étends toujours ton
ombrage au-dessus de nos têtes ; que nos
pères et leurs fils, et les fils de nos fils
voient encore ton dôme vert, que l'oiseau
retrouve au printemps son nid dans la
feuillée, et que l'enfant s'endorme bercé
par ses chants. O arbre ! protége notre toit,
éloigne de nous le malheur, et quand viendra

la mort, que ton ombre recouvre notre tombeau ! »

Ces chants et d'autres se perdaient dans le silence des forêts... puis elle tombait dans de longues rêveries. « Niela, lui demandais-je alors, dis-moi, que vois-tu là-bas ; pourquoi ton regard est-il toujours fixé sur le même point ? »

« — Je vois cette pauvre fleur flétrie, répondait-elle ; elle me souriait au matin comme l'enfant rosé que berce sa mère : chaque jour s'élargissaient ses feuilles, et chaque jour lui donnait un parfum de plus ; hier encore elle était fraîche et belle. Ah ! pauvre fleur, pourquoi si tôt mourir ? Reste avec nous sur cette terre ; le ciel est bleu, le soleil est chaud, je t'arroserai chaque soir avec cette eau limpide du ruisseau ; mais la pauvre fleur ne m'entend pas : déjà sa

dernière pétale tombe, et la rosée du lendemain trouvera sa tige brisée.

« Je vois aussi cette feuille qu'emporte
le vent. Elle se balançait mollement sur cette
branche au-dessus de nos têtes ; elle était
verte et souple ; elle se retournait joyeuse
vers le ciel. Mais demain l'oiseau trouvera
sa place vide, et le papillon qui la couvrait
de ses ailes s'envolera pour ne plus revenir.
Ah ! pauvre feuille, reste, le chant des
oiseaux est doux, les ailes du papillon
légères, et les feuilles tes compagnes t'aimaient ;... mais la feuille ne m'entend pas,
et le vent la pousse toujours plus loin. O
pauvre feuille ! ô fleur tant aimée ! vous
ne mourrez point ; nous nous reverrons un
jour, dans ces jardins bénis où les arbres
sont toujours verts, où les roses ne s'effeuil-
lent point, où les sources d'eau vive ne
tarissent jamais, où le jour n'a point de fin,

où des voix plus douces que celle du rossignol au lever de l'étoile, chantent sans s'arrêter leurs hymnes éternelles..... »

..... La mort lui semblait douce : « elle se retrouverait avec les personnes aimées dans un monde mille fois plus beau ; elle y reverrait aussi ses fleurs aux brillantes corolles, dont rien ne viendrait plus ternir l'éclat, et ses arbres baignés d'une pure lumière, laissant retomber leurs rameaux chargés de fruits sur des gazons éternellement fleuris. »

Elle croyait que les âmes des justes habitaient les planètes les plus rapprochées de Dieu. Lorsque, levée dès l'aurore, elle voyait l'étoile polaire pâlir aux premiers feux du levant, elle tournait vers elle son beau visage de sainte, elle joignait ses mains comme pour la prière, et ses lèvres murmuraient des mots entrecoupés : car cette étoile qui s'évanouissait ainsi dans les blancheurs du matin, c'était, disait-elle, l'âme de sa mère qui veillait sur elle pendant la nuit ; et chaque soir, la pauvre fille attentive voyait au travers des grands arbres se lever cette étoile si chère, qui toujours mourait au matin.

Quand elle était ainsi rêveuse, assise sous le vieux hêtre dont j'ai déjà parlé ; quand tout se taisait au loin dans la forêt, et qu'au-dessus de sa tête s'allumaient une à une les clartés de la nuit, elle prétendait entendre la musique des mondes célestes. Alors une grande tristesse s'emparait de tout son être... Je lui disais : « Pourquoi es-tu triste ? n'es-tu pas jeune, n'es-tu pas belle ? Nous nous aimons, nous sommes heureux.

« — Oh ! non, répondait-elle en secouant la tête, non, nous ne sommes pas heureux : ici-bas, le bonheur est incomplet, ici l'amour

même est un crime, mais au ciel on s'aime
sans crainte...... »

. . . .

Ses croyances n'étaient pas orthodoxes :
c'était un vague panthéisme, un mélange
de superstitions païennes et de pratiques
chrétiennes... Sa religion portait l'empreinte
de sa personne : elle était douce, voluptueuse, mystérieuse comme elle.

Je ne combattais pas ces fictions, je m'y
laissais au contraire doucement aller ; je ne
croyais pas. J'invoquais le nom de Dieu,
je le cherchais partout, mais mon cœur
restait vide : je souffrais cruellement.

*
* *

Plusieurs jours s'écoulèrent ainsi, reprit Witold après un moment de silence; ce fut le meilleur temps de ma vie. Nous nous voyions tous les jours; nous ne parlions pas d'amour : nous savions bien que nous étions l'un à l'autre.

Nous étions seuls, nous étions libres, perdus comme à l'extrémité du monde... Nul œil indiscret à redouter...

Mon père absent ne devait revenir que dans un mois. Kos, lui, ne poussait jamais jusqu'à l'enclos, car ce lieu, sacré pour les paysans d'alentour, était même respecté des braconniers.

Que d'heures délicieuses passées sous ces ombrages! Niela aimait les vers, elle déclamait avec art, elle avait le sentiment inné du beau. Les riantes ballades de Mickiewicz et de Gœthe suscitaient chez elle de véritables transports.

Un jour je lui traduisis ce passage de Virgile :

Fortunate senex, hic inter flumina nota
Et fontes sacros, frigus captabis opacum.

« — Non, dit-elle en souriant, les jeunes sont plus heureux. »

Je lui lus aussi *Graziella*, le plus tendre,

le plus passionné des récits du poëte français ; il se rapportait d'ailleurs à notre situa-
tion. Les expressions me manquaient souvent pour rendre ce langage, mais nous
avions l'émotion de notre âme ; autour de
nous, tout était fait pour m'inspirer : notre
amour, la beauté du lieu, le silence des
bois... Niela m'écoutait frémissante ; je sentais son haleine brûlante effleurer mon visage... Quand j'eus fini, elle resta longtemps
pensive... « C'est beau, dit-elle enfin, c'est
beau, car c'est vrai ; c'est ainsi que l'on doit
aimer. Si jamais tu me quittais, je ferais
comme elle, vois-tu, j'en mourrais.

« — Enfant ! répondis-je, pourquoi penser
à ces choses ? Ne sommes-nous pas heureux ? et qu'irais-je faire en d'autres pays ? »

Un matin, je ne la trouvai pas à l'enclos...
Je l'attendis longtemps. Le soleil dispa-
raissait derrière de gros nuages noirs... Il
y avait de l'orage dans l'air. Au bout d'une
heure je me levai inquiet ; mais à peine
avais-je fait quelques pas que je la vis venir
en courant. Elle était haletante, toute pâle,
les yeux rougis et gonflés.

Je courus à elle :

« — Tu as pleuré? pourquoi? Oh! quelles sont tes peines? Niela, je t'en supplie, dis-moi, qu'y a-t-il?

« — Il y a, répondit-elle toute tremblante, il y a que tout est perdu; adieu nos beaux rêves! adieu cet enclos si cher!... on veut me marier... Il m'a demandée à mon père; et mon père a promis.

« — On t'a demandée en mariage! Qui? Mais tu sais bien que ça ne se fera pas tant que je vivrai!

« — Mon père le veut... C'est Sawa, le menuisier. Vous l'avez vu, il a travaillé au château... Il était parti; je croyais qu'il ne reviendrait plus... il dit qu'il m'aime...Hier, quand je suis rentrée, mon père était plus gai que de coutume; il me dit : « — Fillette, j'ai une bonne nouvelle à t'annoncer, » et moi, tout heureuse de le voir en cette gaieté : « — Quoi donc? père? » — « Eh! eh! je vais te marier, entends-tu, fillette, je vais te marier et bientôt... »

« Je ne répondis pas, je voyais tout rouge devant moi, et mes oreilles bourdonnaient comme une ruche d'abeilles.

« — C'est qu'il est beau le gars, et rude au travail, ma foi! Devine un peu, Niela? » — « Je ne sais pas, père. » — « Si, tu le sais bien. Voyez-moi ces femmes, toutes les mêmes ; te voilà rouge comme une groseille à la Saint-Jean... faut-il le dire? » — « Je vous assure que je ne sais rien...» — « Tu ne sais rien ; eh bien, et celui qui t'a donné cette belle image de la vierge de *Czestochowa* (1),

---

(1) Lieu renommé par ses pèlerinages.

l'an dernier. » — « Sawa? » — « Enfin, oui,
oui, Sawa, et qui voulais-tu que ce fût?... »

« Je tremblais de tous mes membres, je
m'appuyais contre la muraille.

« — Qu'as-tu, fillette? me dit le père...
Après tout, si tu l'aimes, tant mieux!... »

« Je ne sais pas comment je fis pour ne pas
pleurer : « Ce n'est rien », lui dis-je ; il faisait
tard, j'ai couru ; je savais que vous m'attendiez.

« — Oui, mais que dis-tu du mariage?... »
Et mon père toujours en face de moi, me regardait tout drôle, moitié triste, moitié
rieur...

« — Et qu'avez-vous dit, vous, mon père?

« — Moi, j'ai dit que ça nous allait.

« — A moi?

« — Mais oui, à toi, et à moi, et à lui aussi.

« — Père!

« — Quoi?

« — Je ne veux pas me marier.

« —Peuh! ça se dit toujours, ces choses-là.

« — Père, par pitié; pourquoi ne voulez-vous plus de moi? pourquoi me donner à un autre? Je suis bien ici, je veux rester avec vous; je ne l'aime pas; je vous jure que je ne l'aime pas!

« — Bon, voilà que tu pleures. Ah çà! vais-je pleurer, moi aussi?... brr!...Au fond, tu es contente, fillette; n'est-ce pas que tu

es contente?... Et puis, vois-tu, il fallait bien
nous séparer tôt ou tard : je me fais vieux,
vaut mieux que tu aies un homme avant
que je ne sois sous terre... Je m'en vais,
tiens, tu m'as renversé le cœur avec tes
larmes... Tu ne l'aimes pas... peuh! ça
se dit toujours, ces choses-là, ça se dit toujours! »

« Quand il fut parti, je pleurai, je pleurai
toute la nuit. Dès l'aube, ma résolution était
prise ; je voulais tout avouer : mais il n'était
pas là... Je l'attendis ainsi toute la journée
jusqu'au soir : alors j'ai pensé que vous étiez
là... et je suis accourue. Oh! Witold, sau-
vez-moi maintenant! »

Tout autour de nous, on entendait de lé-
gers bruissements dans le fourré.... « Chut!
dit-elle, en mettant un doigt sur ses lèvres.

4

J'ai peur... on nous épie... c'est lui ; j'en
suis sûr... Hier j'ai entendu derrière moi des
pas dans la futaie... je me suis arrêtée ; on
s'est arrêté... j'ai recommencé à marcher,
lentement d'abord, puis plus vite : j'entendais toujours les mêmes pas ; alors je me
suis mise à courir jusqu'à la hutte.....
Prenez garde ! je vous dis que c'est lui ; il
vous hait, il pourrait vous tuer...» Et la pauvre fille éclata en sanglots.

« —Oh ! non, ne pleure pas, Niela, je t'en
prie, va, sois tranquille ; on ne te mariera
pas contre ton gré , je te le promets ; je ferai
tout pour te délivrer de cet homme, entends-
tu, tout... je t'épouserai...

« — Vous, m'épouser !... pourquoi me dire
de ces choses ? Mais cela ne se peut, vous
savez bien que cela ne se peut.

« — Alors tu ne me crois plus?... Tu ne
m'aimes donc pas?

« — Ne pas vous aimer, Seigneur! Ah!
c'est vraiment trop de peines..... Que vous
ai-je fait, pour que vous doutiez de moi?...
Mais ne vous ai-je pas dit, l'autre jour, que
je ferais tout pour vous, que je serais heureuse de vous sacrifier ma vie; n'avais-je
pas pris le ciel à témoin de mon amour!...
Non, vous ne pouvez pas m'épouser, parce
que je ne suis qu'une pauvre fille, parce que
votre père n'y consentirait jamais, et qu'il
faudrait pour cela qu'apparût la Vierge, telle
qu'on la voit sur son tableau au-dessus de
l'autel, avec son long manteau bleu parsemé
d'étoiles, et sa couronne de blanches fleurs,
mettant elle-même nos mains dans celles du
prêtre... Mais si nous ne pouvons espérer ce
miracle, du moins, ô douce Madone! vous

ne me défendrez pas de l'aimer, vous exau-
cerez mes prières, vous ne voudrez pas me
voir donner à un autre un cœur qui désormais n'appartient qu'à lui ! »

Ainsi parlait Niela, souvent interrompue
par ses larmes, tandis que je cherchais à la
consoler, et que les arbres se penchaient en
murmurant vers nous, comme pour protéger
nos chastes amours.

La pauvre fille me l'avait bien dit... nous
étions épiés..... Il faisait déjà sombre quand
je rentrai au château. Une pluie fine, chassée
par le vent, me cinglait au visage; je glis-
sais à tout instant sur la terre détrempée.
Derrière moi, j'entendais un craquement
continu de branches, et des bruits étouffés
comme si quelqu'un rampait dans le fourré.
Je m'arrêtai, le bruit cessa; je me remis à

marcher, il recommença aussitôt : plus de
doute, on me suivait... J'étais seul, sans
armes, mes cris se seraient perdus dans ce
lieu désert : j'eus peur un instant, à l'idée
de ne plus revoir Niela. J'allais vite ; je
n'entendais plus que la voix du vent pleine
de sanglots et de confuses plaintes.....

... Quelques minutes après, je touchais à
la lisière du parc, je respirai librement, je
me croyais sauvé... Tout à coup, sortant du
massif, une ombre se dressa devant moi.....
J'appelai, une première, une seconde fois...
ma voix se perdait dans l'espace. Il fallait en finir à tout prix..... J'allai droit au
massif. Mon cœur battait... était-ce du courage ? ou bien la peur me rendait-elle
brave ?..... Deux pas encore et je reconnus
le menuisier ; je lui mis la main sur l'épaule;
cette main, alourdie par le froid, devait peser
comme une barre de fer.

Mon homme ne bougea pas... je voyais ses deux yeux briller dans l'obscurité.

« — Ah! ah! c'est donc toi, Sawa?

« — Oui, c'est moi.

« — Pourquoi m'as-tu suivi ? Allons, parle, que me veux-tu ?

« — Je ne vous ai pas suivi, je ne vous demande rien.

« — C'est bon, mais alors que fais-tu là à cette heure ?

« — Ce que vous y faites vous-même; la forêt n'est-elle pas à tout le monde?

« — Non, la forêt n'est pas à tout le monde,

tu le sais bien, d'ailleurs; allons, sois franc, tu m'espionnais ?

« — Je n'espionne pas, j'entends...

« — A merveille ! tu n'ignores donc pas de quoi il s'agit maintenant entre nous?...

« — Peut-être et peut-être pas. »

Sawa se tenait debout en face de moi, les bras croisés, son bonnet fièrement enfoncé sur sa tête... Tant d'insolence m'exaspéra ; d'un revers de main, je jetai sa *czapka* à terre..... Il la ramassa lentement, l'essuya avec le bas de sa houppelande, hésita quelques instants, puis la garda à la main.....

« —Maintenant, écoute, lui dis-je, et retiens bien ceci : tu n'épouseras pas la fille du garde.

« — Je ne l'épouserai pas?... et pourquoi?

« — Parce qu'il ne me plaît pas que tu l'épouses.

« — Oui dà! mais comment Votre Seigneurie m'empêcherait-elle d'épouser qui bon me semble?

« — Oh! le plus simplement du monde : je te ferai mettre en prison sous prétexte de braconnage, et quand je le voudrai... Voici mon premier moyen... les autres à leur tour.

« — Mauvais, mon prince, votre premier moyen; si les autres ne sont pas meilleurs, ma foi! j'épouserai la fille du garde... Voyez-vous, dans ce bois, seul entre vous et Dieu, je suis aussi fort, je suis plus fort que vous; devant les hommes, c'est autre chose, vous pouvez beaucoup, je ne puis rien... c'est Dieu

qui l'a voulu ainsi... Seulement, si vous me
faites du tort, je le crierai, je le crierai si fort,
que l'on finira bien par m'entendre, même au
travers des murs de ma prison... je dirai :
« Il a voulu me ravir ma femme et il me perd...
Voyez cette justice des grands... Ah! oui,
nous autres pauvres gens, nous sommes hum-
bles, nous souffrons bien des choses ; mais
ça reste là, et un jour nous nous souvien-
drons... »

Sawa se tut.

« — C'est vrai, lui dis-je, tu as raison : la
prison n'est pas bonne ; allons, tu es un fameux coquin... C'est pour elle, ce que je fais
là... Veux-tu de l'argent?

« — De l'argent!... Ah! nous y sommes
cette fois : oui, j'en voudrais...

« — Oui, car tu aimes surtout l'or, n'est-ce pas?

« — Eh! mon prince, si j'en avais autant que vous, il me semble que je l'aimerais moins.

«— C'est bien, tu en auras; je t'en donnerai beaucoup, entends-tu, beaucoup; tu seras riche; seulement, tu renonceras à elle et tu partiras demain; tu partiras pour ne plus revenir. Allons, dépêche-toi, fais le marché...

« — Ah! oui, je dois faire le marché, donc: nous autres pauvres gens, ça se vend comme des bêtes de somme... Combien en voulez-vous?... C'est égal, vous avez eu une fière chance, vous, de naître dans un palais! C'est commode, preuve que je voudrais être à votre place; mais ce n'est pas juste par rapport à ceux qui couchent sur la paille. Vous avez

les mains blanches comme une demoiselle...
touchez-moi ces mains là... c'est ruguéux,
c'est raboteux comme le bois. Vous, quand
vous vous couchez le soir, vous vous deman-
dez ce qui vous amusera le lendemain ; moi,
je sais que, le lendemain, il faudra travailler
et suer comme la veille, et le surlendemain
encore comme le jour d'avant... Et quand on
pense à tout cela, il vous passe de drôles
d'idées par la tète... On se dit : Pourquoi
donc ne serais-je pas riche, moi aussi ? C'est
bon ! voilà que je voulais me marier, vous
me faites l'honneur d'aimer ma fiancée... Je
ne l'avais pas séduite, moi ! je suis allé trouver son père, tout honnêtement, je lui ai dit :
« Voulez-vous me donner votre fille ? » il m'a
répondu : « Prends-la, et que Dieu vous bénisse dans vos enfants ! » Vous me dites, vous,
que je ne l'aime pas : je l'aime à ma manière.
Peut-être aurions-nous été heureux, peut-être

n'aurais-je plus pensé à notre misère... le
travail m'eût paru léger auprès d'elle. Vous
êtes venu, et vous me l'avez prise. Ah ! maudit
le jour où vous êtes venu ; pourquoi êtes-vous
venu ? Maintenant que tout est noir autour de
moi, vous me faites luire la richesse, comme
ce grand feu là-bas devant lequel se réchauf-
fent les bergers qui passent la nuit aux champs.
Vous me promettez beaucoup d'or... le diable
me tente ; je ne vous ai rien demandé : vous
m'avez dit : « Allons vite, fais le marché. » Et
moi donc, croyez-vous que je n'aie point hâte
d'en finir !... donnez-moi vingt mille roubles,
ce n'est rien pour vous ; donnez-les et prenez la fille... Oh ! c'est lâche ce que je fais
là... Vous m'avez tenté : que le mal retombe
sur votre tête ! Je vais partir bien loin, vous
n'entendrez plus parler de Sawa, elle non
plus... Elle ne m'aime pas... c'est vrai. J'ai
honte de moi-même... Il y a derrière l'O-

céan des pays où l'on trouve de l'or comme ici du sable... j'irai là ; un jour je reviendrai riche ; alors on me saluera bien bas, alors moi aussi je prendrai les femmes des autres. Eh bien ! Votre Seigneurie donne-t-elle vingt mille roubles à Sawa ?

« — Je les donne.

« — Oui, mais quand ?

« — Maintenant ; mais tu partiras ; tu le jures ?

« — Je le jure, et que les saints me damnent si je manque à mon serment !

« — C'est bien, voici l'argent.

« — Ah ! murmura-t-il, c'est peu, j'aurais pu vous en demander davantage. »

Par un hasard étrange, j'avais le matin

même touché des sommes importantes : je pris une liasse de billets de banque et je les lui jetai. Il se précipita dessus avec un tressaillement de bête fauve.

« — Et maintenant, dit-il en s'éloignant, que je ne vous rencontre jamais sur mon chemin. »

* *

Le lendemain matin, je fus réveillé par un grand bruit : mon père venait d'arriver et tout le château était en émoi. Quand je descendis, il se tenait sur les marches du perron, grondant Yanusz de ne l'avoir pas attendu à la gare. Les domestiques couraient affairés ; on descendait de grandes malles du haut de l'omnibus, et les chevaux de poste, couverts de poussière, soufflaient, aspirant la

forte odeur des foins qui venait par bouffées
des prés voisins. De loin, les hommes appuyés sur leurs faux et les faneuses, laissant
retomber leurs serpettes, regardaient. C'était
une brumeuse matinée des premiers jours de
juin : le soleil était voilé et le vent rêche.
Lorsque mon père m'eut embrassé, nous en-
trâmes tous deux dans le grand salon. Il alla
droit à la cheminée répétant : «Quel froid! quel
froid!» Tandis qu'il se chauffait, je regardais
dans la glace son visage hâlé par la route,
mais toujours impassible et ne laissant devi-
ner aucune joie du retour. Puis, comme son
regard se croisa par hasard avec le mien, il
se retourna et dit :

«—Je suis bien aise de vous revoir, Witold.

« — Oh! moi aussi, mon père. »

Ce fut tout : lui s'assit et se mit à attiser le

feu à moitié éteint; moi, le cœur serré, j'allais et venais dans cette grande salle qui me paraissait triste malgré l'invasion subite du soleil, glissant le long des vieilles tapisseries, éclairant indiscret les jeux des nymphes et des amours, rougissant d'un même trait les grappes de raisin et les torses nus des bacchantes affolées. Alors, comme j'étais là à regarder les frissons de lumière courir à travers l'ombre tremblante des feuilles que projetaient les arbres du parc, et les nymphes sourire, et grimacer les faunes, et que le silence régnait toujours glacial, implacable..... la porte s'entr'ouvrit doucement, discrètement, tout juste assez pour y glisser la main, et Korbuth, l'honnête intendant, s'y faufila, souriant, saluant, une liasse de papiers sous le bras..... déjà prêt à présenter ses comptes..... brave homme, va!..... et tandis qu'il rampait ainsi d'un côté de la salle, moi

je m'esquivais de l'autre.... J'avais un pied
sur le seuil, j'allais sortir.....

« — Attendez un peu, me cria mon père ; j'ai
une bonne nouvelle à vous annoncer : votre
tante et votre cousine seront ici dans quelques heures... Vous les recevrez, mon cher...
car pour moi, après deux nuits passées en
wagon...vous comprenez !...» Et disant cela,
il se leva et sortit, nous saluant de la main.
Moi, je restai à ma place tout interdit.....
Korbuth s'approcha avec son niais sourire,
à petits pas comme s'il allait à l'autel. « Il
avait passé des nuits à préparer ses comptes ;
l'exactitude, l'exactitude avant tout ; et quand
Korbuth fait une chose, on peut s'en rapporter
à lui..... Ce sera pour une autre fois ; heureusement que son zèle est à toute épreuve.
On lui dirait : « Korbuth, va te jeter à l'eau
« pour ces chers maîtres ! » que Korbuth ne

tournerait seulement pas la tête. » Je laissai
parler ce bavard sans l'écouter, je pensais à
tout autre chose, je pensais que ma tante
allait venir, et qu'avec elle s'enfuirait notre
bonheur, et que je ne verrais plus Niela, et
qu'on allait reprendre les projets de mariage :
car, l'ai-je dit? je devais épouser ma cousine : c'était une chose convenue entre nos
parents, si convenue, que nous avions grandi
avec cette idée. « Céderai-je? non certai-
nement; je montrerai enfin que je suis homme,
que j'ai une volonté... D'ailleurs, à plus tard
le lutte; pourquoi assombrir ces dernières
heures de liberté? » Et, pour en profiter le plus
longtemps possible, je courus tout d'un trait
à l'enclos.

Niela radieuse m'y attendait déjà. Sawa avait renoncé à elle, Sawa était parti, et pour de bon cette fois. Le père, lui, jurait de se venger ; mais elle, elle criait au prodige ; elle remerciait la Providence, la Madone, ses arbres.

Pourtant il fallut bien troubler sa joie, il fallut bien lui conter mes peines... « Nous al-

lions avoir du monde, nous ne pourrions plus
nous voir ainsi tous les jours, dès l'aube, jusqu'au soleil couchant : adieu nos tranquilles
amours! » et je parlais vite, d'une manière
confuse, le cœur oppressé par la course et
l'émotion. Elle ne paraissait pas m'entendre;
elle m'écoutait pourtant, ses yeux tout grand
ouverts, fixés sur les miens, ses petites mains
jetées autour de mon cou comme pour me
retenir. Moi, je lui disais : « Allons, Niela,
du courage, laisse-moi, il faut que je parte;
mais je reviendrai, va, ne crains rien! nous
nous aimerons malgré tout..... » Elle ne
répondait pas; alors je la pris entre mes bras,
je couvris de baisers ses mains, ses cheveux,
son cou, et comme je la tenais ainsi embras-
sée, elle se prit à pleurer et elle répétait
au milieu de ses larmes : « Reste ; pourquoi
t'en aller, pourquoi ne veux-tu plus me voir?
Oh! reste, reste: si tu pars, tu m'oublieras.»

«—Mais non, je ne pars pas, je reviendrai; je reviendrai demain, demain sera vite venu;» et je détachai doucement ses mains qui me retenaient toujours.

---

*
* *

Lorsque je revins au château, ma tante
s'y trouvait; déjà elle accourait à moi les bras
ouverts. Au bas de la terrasse, ma cousine
caressait Flis, le vieux lévrier, son compagnon d'autrefois, et Flis l'avait reconnue;
il bondissait joyeusement autour d'elle. Allant
vers elles, je les regardais toutes deux un
peu à la dérobée, Marie surtout. Marie était
restée en arrière; ma tante seule se trouvait

déjà près de moi, me serrant dans ses bras,
m'embrassant à m'étouffer. Oh! elle n'avait
pas changé, on n'aurait jamais pu lui donner
d'âge; je me rappelais l'avoir toujours vue
ainsi : sa figure couperosée, ses petits yeux
gris, riant et pleurant tout à la fois et pour
un rien; un peu grasse, mais active, mais
curieuse, courant, furetant et ne cessant de
courir que pour se pâmer. Elle se croyait
poitrinaire, la pauvre femme! elle se croyait
d'autres maladies encore, dont la moindre de
toutes eût été mortelle, sans parler du cœur ;
elle était dévote, comme il convient de l'être
à une personne si près de l'éternité; elle s'occupait aussi des choses de ce monde, mais
un peu, pour ne pas l'oublier; elle avait ses
petits travers : qui n'en a pas? Elle tenait
par exemple à son titre, oh! à son titre par-
dessus tout; ce titre avait d'ailleurs toute
une histoire : ma tante avait toujours rêvé

d'en avoir un : toute petite encore, lorsqu'elle
voyait les beaux équipages armoriés s'arrêter
devant la boutique de son père,—mon Dieu !
oui, je l'ai dit, son père tenait boutique, —
elle se disait : « Moi aussi j'aurai une belle
couronne, et des armes à fond d'or ; j'en aurai
partout, sur ma voiture, sur mes harnais, sur
ma maison, sur mes robes même.. » Et,
ma foi, elle les eut. Comment ! son père tenait boutique ! Oui, il s'occupait d'importation ;
il importait un peu de tout ; on disait même
que ce père était juif, mais on le disait tout
bas : il y a tant de mauvaises langues ! La
vérité est que ce père amassa des millions :
combien y en a-t-il qui voudraient être juifs
à ce prix ? Quand il les eut, ces millions, il
se fit baron ; c'était encore de l'importation...
Voilà le commencement de l'histoire ; en voici
la fin :

J'avais alors un oncle qui s'était ruiné ;

il approchait de la cinquantaine : c'est un
bel âge, même pour se ruiner. Quelqu'un
lui dit un jour : « Mademoiselle K... a des
millions, épousez-la... » Et il les épousa...
Il y a toujours des hommes de bon con-
seil sur cette terre ! Savoir être pauvre
est une science, c'est surtout une force :
ne l'a pas qui veut. Mon oncle ne l'avait
pas non plus ; il était bon pourtant, il avait
du cœur, quoi qu'on en ait dit. Un jour,
il s'aperçut de certains sourires : ce n'était
plus la même sincérité d'autrefois, il arrivait qu'on faisait semblant de ne pas le
voir dans la rue ; mais on venait à ses soupers, à ses soupers seulement : le pauvre
homme fut long à comprendre...Que voulez-
vous ? il tenait à son honneur, et c'était son
honneur qu'on attaquait. C'était donc vrai :
il s'était vendu ! Alors il ne dit plus rien, il
ne sortit plus, il ne donna plus à souper ; il

s'enfermait chez lui, il devenait pâle, très-
pâle ; et tout autour de lui les braves gens
disaient : « Ce pauvre comte ! sa nouvelle
fortune ne lui réussit pas. » Non vraiment :
elle lui réussissait si peu qu'il en mourut. Il
mourut sans se plaindre, emportant son
secret avec lui. Il laissait une veuve, je ne
dis pas inconsolable, et une petite fille bien
chétive qui répondait au nom de Marie. Si
l'homme est ondoyant et divers, le monde
l'est à plus forte raison ; le monde changea,
le monde fit grâce à la veuve et à l'enfant,
à « la petite victime », comme on l'appelait.
« Victime », oui vraiment, c'en était une,
oh ! monde généreux ! mais qui donc avait
fait mourir son père lentement, à petit feu,
lui mesurant l'affront de chaque jour ? Mon
père lui aussi pardonna, un peu tard, comme
les autres, mais la réconciliation était si
sincère ! Ne devais-je pas épouser ma cou-

sine?... Les deux familles n'en feraient plus qu'une, et ma tante était si bonne! elle avait pour moi de ces mille attentions...Seulement, je voyais toujours l'ombre de ce pauvre oncle entre elle et moi.

Maintenant cette chère tante me serrait dans ses bras, elle me regardait, m'embrassait et me regardait encore. « Comme il ressemble à sa pauvre mère! » disait-elle; et alors elle se mit à pleurer, car elle avait les larmes faciles... « Ces émotions me brisent », criait-elle d'une voix lamentable. « Et votre père, Witold, où est-il? Ah! que j'ai hâte de le revoir! » Elle l'avait vu le matin même.

« — Mon père est un peu souffrant; il m'a chargé...»Mais elle ne me laissa pas achever.

«—Ah! mon Dieu, c'est désolant! pauvre

prince, vite, conduisez-moi chez lui ; je le
veillerai jour et nuit, s'il le faut.

« — Calmez-vous, ce n'est rien, ce n'est
absolument rien.

— « Si, si, ça peut devenir grave... Je fais
de l'homœopathie; vous verrez, c'est merveil-
leux ! Ma cassette, où est ma cassette?... »

Et ma tante courait à la recherche de sa
cassette; je la laissais faire, sachant bien
qu'elle n'y penserait plus l'instant d'après :
il suffisait d'une piqûre pour qu'elle criât à
la mort. Dieu sait combien de personnes
elle avait enterrées de la sorte.

En effet, je l'entendis qui m'appelait de
la pièce voisine : « Witold, Witold ! »

« — Me voici, qu'y a-t-il, chère tante ? »

Elle courait d'un bout du salon à l'autre,

dérangeant chaque meuble, poussant les
fauteuils, déplaçant les vases de la cheminée,
drapant les tentures, tout cela d'un air profondément atterré. « Comme vous êtes en
retard, vraiment! c'est à se croire en La-
ponie; c'est vieux, c'est démodé, comprenez-
vous? Laissez-moi vous arranger ça à ma
façon. Je m'en vais écrire à Paris; il n'y a
que Paris! Marie, ma mignonne, nous nous
en occuperons, n'est-ce pas? car enfin, Witold, vous devez sérieusement songer à vous
marier. »

A cette dernière sortie de sa mère, Marie,
qui était jusqu'alors demeurée sur la terrasse, se rapprocha vivement.

« — Mère, dit-elle, tu te fatigues trop, tu
sais bien que cela te fait du mal; voyons,
repose-toi.

« — Ah! oui, tu as raison, ma chérie, je

n'en puis plus; Witold, votre bras; je sens
que je m'en vais, que je m'en vais,» répétait-
elle, et elle s'étendit sur une causeuse, soufflant, respirant son flacon de sels.

Je profitai de ce moment de calme pour
observer Marie. Trois ans s'étaient écoulés
depuis notre dernière entrevue : je l'avais
quittée enfant, je la retrouvais femme.

Elle n'était point jolie, ma cousine, mais
elle avait un charme inexprimable dans toute
sa personne : frêle, mignonne, souple comme
un roseau ; de magnifiques cheveux noirs,
sur un front de créole; l'œil brillant et ve-
louté; des sourcils arqués, dont la rudesse
contrastait singulièrement avec son bon et
gai sourire; des mains de fée, fines, transparentes, aux ongles rosés; un petit pied
qu'eût envié Cendrillon.

A l'âge auquel nous nous étions quittés,
nous jouions encore volontiers « au mari et
à la femme ; » j'éprouvai donc un certain
trouble en l'abordant ; ce trouble, elle le res-
sentait elle aussi : car sa voix tremblait. Nous
parlâmes d'abord de choses et d'autres ; puis,
la conversation s'animant par degrés, on en
vint bien vite aux souvenirs d'enfance. Nous
causions assis très-près l'un de l'autre et à
voix basse, car ma tante sommeillait ; hélas!
elle rouvrit bientôt les yeux. Alors ce furent
de petits sourires, des menaces discrètes :
tant et si bien que ma petite cousine en rou-
gissait jusqu'à la plante des cheveux ; heureusement qu'on servit le thé, et nous nous
séparâmes de bonne heure, ma tante s'é-
tant déclarée lasse.

Une fois dans ma chambre, je repassai en
moi-même les événements de la journée ; je
pensai que mon avenir allait se décider, qu'il

faudrait lutter ou se soumettre ; or l'idée de lutte m'effrayait, maintenant qu'était tombée l'exaltation du premier instant. Comme le bœuf qui creuse un sillon journalier, je m'étais fait à porter le joug. D'un autre côté, j'avais beau interroger mon cœur, j'y trouvais toujours la même réponse. J'aimais cordiablement, fraternellement ma cousine ; je me rappelais avec plaisir nos jeux d'autrefois : nous nous étions roulés sur les gazons, nous avions pêché ensemble, et nous entrions bravement dans l'eau en ayant jusqu'au-dessus du genou ; tout petits, nous avions dormi côte à côte ; je l'appelais « petite sœur » alors ; je lui disais aussi que je l'épouserais « quand je serais grand, » et cela paraissait lui faire plaisir ; elle avait toujours été si bonne pour moi ! elle me cédait avec tant de grâce ! et si sage, et si douce ! Oh ! je le sais, le bonheur tranquille, elle me l'eût

donné, mais je voulais l'amour avec ses
troubles et ses peines. Pauvre petite Marie,
que pensait-elle ? Ce même soir, en nous sé-
parant, j'avais senti sa main trembler dans
la mienne ; pourtant mon cœur était resté
froid ; je n'avais près d'elle rien de ces com-
motions électriques, de ces grands frissons
par tout le corps qui me saisissaient au seul
frôlement des jupes d'Aniela. Oh ! celle-là,
je l'aimais... Cet amour qui brûlait mon sang
me rendait heureux. Je m'endormis ainsi
au milieu de toutes ces pensées, bercé par
les émotions de la journée.

Le lendemain, un beau soleil éclairait le
ciel, les oiseaux chantaient sans désemparer,
les lilas étaient en fleurs. Des bouffées de
parfums m'arrivaient par la fenêtre ouverte.
L'air pur du matin dilatait ma poitrine ; je
voyais les merles se poursuivre à travers les
branches, les hirondelles sortir et rentrer au

nid, les insectes glisser comme des points
d'or dans l'air. Il y avait tant de joie, tant de
séve dans la nature que moi aussi je me sentis heureux : tout ce qui m'avait si fort agité
la veille avait disparu comme par enchante-
ment. Eh quoi ! ce printemps qui rendait la
nature si belle, ne l'avais-je pas en moi-
même ? N'étais-je pas jeune, aimé ? L'avenir
ne se levait-il pas pour moi radieux comme
le soleil ? « Allez, beaux projets de mariage ;
je ne vous crains plus : je suis libre ! j'épouserai celle que j'aime. Ah ! Niela ! ma douce
Niela, je trouverai toujours un instant pour
te voir; j'irai à l'enclos, j'irai au bois aujourd'hui même ; ma cousine aime tant les
promenades ! elle viendra... pourquoi ne
viendrait-elle pas ? » Et me laissant aller
à mes rêves, semblable aux girouettes du château, hier regardant le nord, tournées au
midi ce matin, je descendis le cœur content,

plein d'espoir, fredonnant la romance de *Fortunio* :

> Si vous croyez que je vais dire
> Qui j'ose aimer,
> Je ne saurais, pour un empire,
> Vous la nommer.

Au salon, la famille se trouvait au complet : mon père, remis de son indisposition de la veille, causait avec ma tante ; Marie se balançait sur un des larges fauteuils à bascule de la terrasse ; et ils me reçurent avec un bon sourire, car tout le monde semblait joyeux ce matin-là, mon père comme les autres. Marie s'était levée pour venir à ma rencontre ; elle était vêtue de blanc, et ce blanc, qui illuminait son teint mat... lui allait à ravir.

6

« — N'avez-vous pas honte de vous lever si tard ? dit-elle en prenant mon bras ; j'ai hâte de revoir notre vieux parc, l'étang, la barque, les cygnes... c'était là notre domaine ; dites, mon cousin, vous souvenez-vous un peu du temps passé ? » Et disant cela, elle souriait, me montrant ses petites dents serrées et blanches.

« — Mais oui, cousine, je m'en souviens... Vous êtes donc bien pressée de sortir ce matin ?

« — Ça vous contrarie ?

« — Moi ! je ferai tout ce qu'il vous plaira.

« — Alors, partons... »

Et nous partîmes comme deux écoliers : elle riant, parlant, courant d'un arbre à l'autre avec des cris de surprise ; moi un peu troublé et déjà moins gai, sans en savoir au juste la raison.

Nous arrivâmes ainsi à l'étang, qu'ombrageaient deux marronniers superbes, touffus, d'un vert au travers duquel on voyait pour ainsi dire circuler la séve. A eux deux, ils comptaient plusieurs siècles ; nous étions tout petits, qu'ils se dressaient déjà là immenses comme aujourd'hui. En ce temps-là nous jouions sous leur feuillage ; nous en avions fait nos palais ; nous nous y rendions des visites très-assidues et, comme dans les romans, nous finissions toujours par un mariage. Ces souvenirs d'enfance se présentèrent sans doute vivants à Marie, car elle s'arrêta longtemps sous les vieux arbres, souriant à leurs rameaux amis, à leurs fleurs toujours aussi belles, et alors, voulant peut-être emporter quelque chose qui lui rappelât ces temps écoulés, elle se haussa péniblement sur la pointe des pieds pour atteindre une branche toute fleurie qui pendait plus basse que les autres.

Je la vis sauter à plusieurs reprises, mais en vain, et je la laissai recommencer, me riant de ses efforts.

« — Allons, ma cousine, c'est une question d'amour-propre, montrez que vous êtes grande. »

Elle l'eut enfin, cette branche désirée, elle en détacha les fleurs rosées, qu'elle entrelaça dans ses cheveux ; et, comme il lui en restait encore à la main, elle se retourna vers moi un peu confuse, nous regardant tantôt moi, tantôt la fleur, voulant et n'osant pas parler à la fois. Mais j'eus l'air de ne pas comprendre, et la pauvre petite cousine, encore toute rouge, jeta tristement à terre cette fleur qui lui avait coûté tant de peines.

Cet incident jeta du froid ; Marie se mit à marcher en silence... et moi je m'en voulais de l'avoir chagrinée.

« — Venez, lui dis-je, nous avons encore beaucoup de choses à voir, vous verrez comme tout est changé !

« — Non, reprit-elle, rentrons ; ce sera pour une autre fois.

« — Comment, rentrer déjà ?... moi qui vous croyais infatigable ; ah ! Marie, toujours capricieuse. J'avais de si beaux projets ! je vous avais dressé un petit cheval arabe, doux et vif, vif comme une gazelle ; nous

6.

allions faire de grandes promenades, courir,
rire, revenir au temps passé.

« — Oh! le temps passé ne revient pas...

« — Non! mais un autre, aussi joyeux ;
voyons, Marie, pourquoi cette tristesse ?
voulez-vous être gaie ? Nous irons à travers
bois ; c'est si beau par là ! vous verrez l'enclos, la hutte du garde... Connaissez-vous
Kos, ma cousine ?

« — Ce vieil homme, dont Hanna nous
faisait peur quand nous pleurions?

« — Celui-là même : « Si Mania (1) n'est
pas sage, Kos emportera Mania dans son
bois et les loups la mangeront. »

Et Mania, devenue grande et sage, se prit

(1) Diminutif du nom de Marie.

à rire des terribles contes de Hanna : elle
était bien encore un peu comme les enfants,
elle souriait volontiers au travers de ses
larmes ; et puis je savais que ma promesse
allait me faire pardonner : cette petite fille
d'apparence si frêle était une écuyère infatigable.

« — Oh ! oui, s'écria-t-elle en battant des
mains, nous irons à l'aventure, par les
prairies, dans les bois ; nous demanderons
notre heure au soleil, et nous le ferons re-
tarder souvent... Si vous saviez comme
j'étais lasse de la ville ! mais la campagne,
les champs, les forêts surtout, c'est si beau,
si parfumé... Et quand commencerons-nous
nos promenades, mon cousin ?

« — Quand vous voudrez ; demain, aujour-
d'hui.

« — Aujourd'hui, voulez-vous ?... » Et nous

fûmes interrompus par la cloche qui nous
appelait à déjeuner!... Hélas! pauvres projets! Pourquoi faisons-nous des projets ? A
peine en avons-nous formé qu'un coup de
vent passe, et les voilà qui se séparent, qui
s'enfuient, comme une troupe d'oiseaux devant l'épervier. Ah! pauvres petits oiseaux,
pauvres projets! heureux si vous n'en lais-
sez pas de morts dans les griffes de l'épervier ; heureux si vous vous retrouvez quelque part : car le plus souvent vous vous êtes
enfuis à jamais. Nous avions, il est vrai,
l'espoir de voir revenir les nôtres ; mais qui
donc peut prévoir s'il ne passera pas un autre coup de vent, si l'épervier ne s'abattra
pas de nouveau sur la troupe joyeuse?...
Qu'était-il arrivé? Oh! quelque chose de
fort contrariant... Mon père attendait du
monde, et il fallait rester pour amuser ce
monde, pour parler au monde, pour se pro-

mener avec ce monde. Oh ! les ennuyeuses
promenades ! comment n'y avais-je pas
songé ? Tous les ans, à pareille époque, ce
monde arrivait : il arrivait un peu de partout, de la ville, des campagnes... et les
campagnes sont loin ; on ne se déplace pas
ainsi pour un jour. Ce monde s'installait
donc pour longtemps au château, avec une
infinité de caisses, de cartons, de boîtes, de
petites boîtes : car ce monde comptait aussi
des dames, et que feraient ces dames sans
leur trente et une toilettes rivalisant de fraîcheur, d'élégance, d'éclat ?... On voyait donc
les vieux équipages armoriés se succéder
dans la grande avenue : on a bien des chemins de fer ; mais on préfère sa « *lan-*
dara (1) », ses beaux chevaux au poil reluisant, marchant deux à deux, avec leurs

(1) Sorte de landau.

« *humenta* » (1), bleus ou rouges : c'est commode; et l'on se sent, ma foi, plus seigneur dans sa voiture que dans les wagons de l'État.

Mais quelle animation, quelle gaieté, quand arrive ce monde! Ces jeunes filles toutes charmantes et si naïves dans leur coquetterie, ces jeunes gens blonds, à l'œil clair, amoureux, faisant des folies pour gagner un sourire; et cette galanterie des vieux, style régence; et cette vie enfiévrée, remplie de plaisirs, promenades, pique-nique, danses jusqu'au blanc matin ; et toujours de l'entrain, une animation extraordinaire, des rires partout, des toilettes souvent toutes parisiennes ! et ce français des bords de la Vistule qu'on entend toujours et partout !

(1) Sorte de collier dont on pare les chevaux.

Oui, c'est une bonne vie, pleine d'effusion, franche, cordiale, c'est cette large hospitalité slave qu'on ne retrouve plus ailleurs; peut-être aussi y a-t-il un fond d'amertume dans cette coupe de miel : les peuples malheureux ont besoin de s'étourdir et de rire pour ne pas pleurer. Quelles délicieuses pages « d'impressions et de souvenirs » que ce retour des chasseurs, le soir au son du cor : le piaffement des chevaux dans la cour pavée, les torches résineuses courant comme des feux follets, les coups de fusil dans les tonneaux, les vivats et les hourras des piqueurs!

Cette existence a ses côtés séduisants, mais elle fatigue, elle énerve à la longue, et elle n'avait plus pour moi le charme de l'imprévu. J'avais grandi au milieu de ce va-et-vient; plus tard, plusieurs années passées à

Paris modifièrent forcément mes goûts; je
tombai d'un extrême à l'autre; nos coutumes
me semblaient ridicules... — D'ailleurs, j'aimais, c'était la seule et bonne raison; la vie
contemplative des bois m'avait saisi par son
côté grandiose et poétique; c'était un chan-
gement trop brusque. Pendant plus de quinze
jours, je n'eus pas un instant à moi : il fallait amuser mes hôtes, et je pensais sans
cesse à Niela qui m'attendait à l'enclos; ma
cousine elle aussi était avide de liberté, elle
préférait la nature au tourbillon des fêtes;
aussi vîmes-nous partir ce monde avec un
soupir de soulagement.

Enfin, nous étions libres, nous pouvions
commencer nos promenades. Ah! beaux projets, vous ne nous échapperez plus cette
fois !

Un instant après nous étions en selle.

« — Tant mieux si nos chevaux s'emportent, criait Marie, j'ai besoin de mouvement.

« — Et moi donc ! »

Nous traversâmes le village comme le vent ; les paysans se signaient en nous voyant passer. Les vastes horizons, les plaines à perte de vue, les forêts bleuissant dans le lointain ; tout cela fuyait avec nous... Un chemin de traverse conduisait à l'enclos. Nous y arrivâmes, haletants, couverts de sueur, mais heureux comme on ne l'est pas.

« — Eh bien ! Marie, lui dis-je, en mettant pied à terre, et l'enlevant à son tour comme une plume dans mes bras, vous avais-je trompée ? n'est-ce pas charmant ? »

Elle joignit ses deux mains et resta quelques instants immobile, admirant les vieux

arbres, les belles fleurs, aspirant l'odeur
forte et pénétrante des pins.

« — Oh ! que c'est beau, murmurait-elle,
que c'est beau ! »

Soudain elle se retourna, courut à la fontaine, et posa, par un mouvement que je ne
pus prévoir, son front en sueur sous le filet
d'eau glacée.

« — Marie ! Marie ! m'écriai-je en m'élançant vers elle, et l'entraînant avec force,
vous êtes folle, vous voulez vous tuer !

« — Vous croyez, dit-elle en me regardant
moitié fâchée, moitié rieuse ; j'avais si soif !
Voyez, comme vous m'avez fait mal ; et elle
me montrait ses poignets où mes doigts
avaient laissé une empreinte bleuâtre. —
Laissez-moi boire dans le creux de la main,
je suis toute reposée maintenant.

« — Non, non, Marie, il faut partir ; je suis inexorable ; allons, Marie, allons!...» et elle dut me suivre tout en boudant un peu... Nos chevaux repartirent au galop.

« — Où allons-nous ? me cria ma cousine, s'arrêtant net au milieu de sa course.

« — A la hutte du garde.

« — Va pour la hutte... » et le sol de tourbière sonnait creux sous le pas de nos chevaux.

A travers les hêtres sombres apparut bientôt la cabane : tout y était silencieux, la porte fermée, Kos ne nettoyait pas son fusil, chantonnant ses refrains de chasse ; il n'y avait pas de gibier sous les hêtres ; les petits rideaux blancs retombaient le long des carreaux ; mais *Halka* qui connaissait les lieux, se mit à hennir, et moi je frappai à la fenêtre avec la pomme de ma cravache. Alors on entendit des pas à l'intérieur ; la petite porte s'ouvrit avec un long grincement et Niela apparut sur le seuil, dans sa jupe de drap rouge, les bras nus, les cheveux retombant sur ses épaules, et si blanche qu'on l'eût dit de cire. Ses yeux creusés et cerclés de noir disaient assez qu'elle avait pleuré toutes ses larmes. Elle me croyait seul, sans doute, car à la vue de ma cousine, ses bras retombèrent inertes, et elle resta quelques instants immobile, la dévorant du regard, tandis que l'on voyait le sang affluer à ses tempes, et glissant sous l'épiderme, colorer son front d'une teinte rosée.

De son côté, Marie la regardait curieusement ; les femmes ont le don de la divination, surtout lorsqu'il s'agit d'amour.

« — Dieu ! qu'elle est belle ! me dit-elle en français.

« — Vous croyez ? » répondis-je en faisant tourner *Halka*.

Mon insouciance, si bien feinte qu'elle fût, ne servait à rien ; Marie avait dû surprendre notre premier regard, ce regard d'amoureux rapide comme l'éclair, mais qui contient tant de choses : toutes nos peines communes durant ces jours d'absence, la joie de se revoir, de muets reproches, mille promesses renouvelées, voilà ce que disait ce regard ; et nous nous étions compris, car l'œil de Niela devint doux et clair comme la goutte de rosée dont le matin orne la fleur; mais il fallait paraître indifférent.

« — Votre père n'est pas là ? lui demandai-je.

« — Non, dit-elle, voici bientôt deux heures qu'il est parti.

« — Et toujours alerte, ce brave Kos ?

« — Oh ! grâce à Dieu, la santé ne lui fait pas défaut. »

Marie pensive, à moitié renversée sur le pommeau de sa selle, nous regardait tous les deux ; elle semblait ne pas nous entendre. Je l'interrogeai sur la cause de son silence ; alors elle sourit et se mit à parler, elle aussi.

« — Vous vous appelez Niela, mon enfant ?

« — Oui, mademoiselle, pour vous servir.

« — Un bien joli nom. »

La fille du garde balbutia quelques remerciements ; mais sa voix tremblait, et l'on sentait bien qu'elle retenait ses larmes.

« — Eh bien ! Niela, reprit ma cousine, voudriez-vous me donner à boire, je meurs de soif ; avez-vous un peu de lait ?

« — Oh ! nous en avons toujours ! » répondit-elle en s'éloignant. Je restai seul avec Marie; je craignais quelque allusion, il n'en fut rien : ma cousine demeura silencieuse.

« — Regardez, lui dis-je, comme c'est pittoresque, ces vieux hêtres noirs, cette hutte, ce grave murmure des pins.

« — Oui, » répondit-elle d'un air distrait.

Niela revint portant un bol de lait encore mousseux.

« — Tenez, mademoiselle, il est tout frais. »

Marie se pencha et prit le bol qu'on lui tendait; mais, au moment de le porter à ses lèvres :

« — Et vous, mon cousin, dit-elle; voyez comme je suis bonne : je vous rends le mal pour le bien.

« — Vous êtes bien bonne, en effet, mais je n'ai pas soif. »

C'était au tour de Niela de nous observer.

« — Merci, mignonne, dit Marie; tenez, voilà pour votre mariage.

« — Oh! mademoiselle, reprenez votre argent, je n'en ai que faire... » Et cette fois la pauvre fille se prit à pleurer.

Ma cousine fut attendrie.

« —Je ne voulais pas vous faire de peine... Tenez, dit-elle en se dégantant et en passant une bague au doigt d'Aniela ; gardez-la, elle vous portera bonheur. »

* *

Le lendemain, je fus de bonne heure sur pied. Je courus à l'enclos ; tout le monde dormait encore au château.

Niela m'attendait depuis l'aube , aussi pâle que la veille, mais plus calme.

« — Écoute, dit-elle, je savais bien qu'il en serait ainsi. Pourquoi nous sommes-nous vus, pourquoi t'ai-je écouté, pourquoi ne m'as-tu pas quittée dès les premiers jours?

7.

Où tout cela nous conduit-il? que puis-je,
moi, pauvre fille, pour lutter contre cette
belle demoiselle? J'aurais beau faire, je
ne saurais jamais ni parler, ni sourire
comme elle... Elle t'aime, je l'ai bien vu...
mais moi aussi je t'aime... je ne pourrais
jamais dire comme je t'aime... Ah! je suis
bien malheureuse. »

Je ne sais ce que je lui dis ; je lui renou-
velai les mêmes serments, je la couvris de
baisers, je sentais le frémissement de ses
chairs sous sa robe de bure tout usée ; elle
tremblait comme une feuille, et je serrais ses
mains dans les miennes à les briser.

«—Vous me faites mal, » dit-elle bien bas, et
elle s'enfuit comme une biche effarée ; mais
moi je restai encore longtemps à la même
place, pensant toujours qu'elle allait revenir.

*
* *

Ces émotions me consumaient lentement.
J'errai pendant plusieurs jours l'âme enfiévrée et pleine de tristesses. Encore fallait-il
sourire et paraître gai... Par moments,
Marie s'apercevait de mon trouble, alors elle
devenait aussi triste que moi.

Un soir nous prenions comme de coutume
le thé sur la terrasse, les paysans ache-
vaient de faucher la prairie ; sur la route,

couraient des tourbillons de poussière :
c'étaient les bergers qui rentraient, et le bè-
lement des brebis se mêlait aux sons de la
flûte d'osier.

Marie s'était accoudée sur le rebord en
pierre et regardait ; elle n'avait pas parlé de
la soirée. Peu à peu le brouillard tomba, et
un grand voile gris s'étendit sur la nature.

« — Rentre, Marie, dit sa mère, il fait
froid... »

Et elle l'enveloppait d'un châle tout en
l'embrassant.

« — Je t'en prie, mère, encore un instant. »

Alors je m'approchai d'elle à mon tour.

« — Ma cousine, voulez-vous que nous re-
commencions demain la promenade de l'autre jour ?

« — Non, dit-elle en secouant la tête.

« — Pourquoi ?

« — Parce que je ne veux plus aller au bois.

« — Nous irons autre part.

« — Vous y tenez donc beaucoup !

« — J'y tiens.

« — Eh bien! pour vous faire plaisir, mais pas au bois, c'est convenu... »

Le lendemain nous partîmes, sans savoir où nous allions ; nous courûmes à l'aventure, faisant mille détours, rencontrant toujours les bois qui bordaient la propriété, et les fuyant toujours. Marie galopait et ne disait mot, je n'étais guère plus en train qu'elle. De temps à autre, nous ralentissions l'allure de nos chevaux, et nous jetions au vent des phrases comme celles-ci :

« — Vous êtes fatiguée ?

« — Non, et vous ?

« — Moi, pas du tout.

« — Il fait bien chaud.

« — Très-chaud.

« — Je crois que nous aurons de l'orage.

« — Peut-être.

« — Alors il nous faut rentrer ?

« — Rentrons. »

Pour nous parler ainsi, il fallait vraiment que nous eussions quelque chose de grave à nous dire ; le tout était d'aborder le sujet.

Ma cousine fut la plus brave ; au lieu de descendre dans la cour du château, elle voulut pousser jusqu'aux écuries. Elle adorait les chevaux, et notre haras passait pour le plus beau de la contrée. Nous avions surtout

de magnifiques étalons, sauvages comme
s'ils fussent venus des Steppes ou des Sa-
vanes; personne n'avait encore pu les domp-
ter... Mais Marie ne s'en inquiétait guère :
elle passait son bras autour de leur cou et les
embrassait bruyamment.

« — Prenez garde, cousine.

« — Bah! les chevaux me connaissent,
voyez plutôt comme ils me regardent. Ont-
ils de beaux noms?... Commençons par là.

« — Montjoye, Derby, Kalina.

« — Et ceux-là?

« — Cora, Frou-Frou, Springfield. »

Elle en eut enfin assez; alors elle prit, à
droite, le petit chemin qui conduisait aux
marronniers.

« — Encore! vous êtes donc infatigable,
cousine?

« — Un instant seulement : j'ai à vous parler.

« — Ah ! »

Nous marchâmes en silence à côté l'un de l'autre ; sa longue traîne d'amazone, qu'elle avait laissé retomber, balayait les feuilles sèches.

Il y avait un banc de gazon autour des marronniers; elle s'y assit et me fit asseoir à côté d'elle.

« — Bien ! et maintenant, Witold, voici ce que j'ai à vous dire... Vous savez qu'on veut nous marier (décidément c'était grave)... et que je n'ai nulle envie de me marier, reprit ma cousine, sans faire plus d'attention à mon étonnement, ni vous non plus, du reste.

« — Moi?... Vraiment, je n'en sais trop rien.

« — Si, si, nous sommes d'accord; le mariage nous fait peur... et puis, voyez-vous,
mon cousin, j'avais mes idées : je voulais
qu'on m'aimât, oui, je voulais qu'on m'aimât
beaucoup... beaucoup, répétait-elle, sans par-
tage, tandis que ses yeux se remplissaient
de larmes... Oh! je le sais, ce sera un
crève-cœur pour nos parents; mais je per-
suaderai ma mère; je lui dirai que je ne
vous aime pas : il faut bien que je le lui
dise... Vous ne répondez pas, Witold?

« — Que voulez-vous que je vous réponde?
Vous êtes bonne, vous savez tout.

« — Non, non, je ne sais rien, je ne veux
rien savoir; vous ne m'avez rien dit; le temps
des confidences est passé... Nous en sommes-
nous fait sous ce marronnier!... alors vous
me faisiez aussi d'autres promesses!... Oh! je
ne vous reproche rien! vous croyez que je

pleure, mais non, ce n'est rien; tenez, je ris
maintenant... Adieu! Witold, nous n'en res-
tons pas moins amis, n'est-ce pas? »

Quelques jours après, Marie n'était plus
au château... Ma tante avait beaucoup pleuré,
elle se montrait digne et froide avec moi.
Ces derniers temps, elle ne m'appelait plus
« son Witold, son enfant chéri. » Mon père,
lui, restait indifférent ; il pensait sans doute
qu'on changeait bien souvent d'avis à notre
âge : nous étions si jeunes tous les deux !
pourquoi se presser ? Il fallait laisser aller le
temps et les choses. Mon père avait une si
grande confiance en ses projets ! Lui aussi il
croyait à son étoile.

*
* *

De nouveau s'écoulèrent plusieurs mois; nous touchions à la fin de l'automne. Je voyais tous les jours Niela. Nous étions libres; plus rien à craindre maintenant : Sawa était parti, ma cousine m'avait refusé... Nous jouissions du bonheur présent. « *Carpe diem*, » disait le vieil Horace; à quoi bon chercher s'il se forme là-bas quelques nuages à l'horizon? notre ciel paraissait si bleu!

Un jour, et il me semble que je parle d'hier, nous étions restés plus tard à l'enclos : nous y avions passé une de ces matinées de novembre, froide et brumeuse, si triste, qu'il fallait tout notre amour pour l'éclairer d'un rayon : mais nous ne nous apercevions ni du froid, ni de la bise, soufflant au travers des grands arbres dépouillés, ni des croassements des corbeaux : nous étions heureux; nous avions fait un feu de branches sèches, et nous regardions la flamme bleuâtre, changeant tour à tour de couleur et d'aspect, s'élançant en colonnes, s'enchevêtrant en mille arceaux gothiques...Nous ne nous parlions pas; nous ne songions pas à l'avenir : car l'avenir a toujours quelque chose de mystérieux qui effraye. Mais on nous eût dit que la mort était là derrière nous, que nous l'eussions vue venir avec un sourire: mourir à deux, et quand on s'aime, n'est-ce pas là un doux sort?

Tout à coup, à travers les branches, j'aperçus deux yeux fauves, brillants, fixés sur nous. Un frisson parcourut tout mon corps : j'avais cru reconnaître Kos, le père de Niela. On entendit un long craquement dans le fourré, puis tout redevint silencieux. A ce bruit, Niela s'était retournée : elle me vit tout pâle, car quelque chose me disait que notre bonheur venait de s'écrouler.

« —Nous sommes perdus, ton père nous épie.

« — Non, dit-elle toute calme, non, c'est impossible, mon père ne se doute de rien; on lui dirait que je le trompe, qu'il ne le croirait pas. » Puis elle devint triste... Je me séparai d'elle le cœur serré. Durant le trajet, partout entre les hêtres je croyais voir les yeux terribles du garde attachés sur moi; le

vent avait de ces voix lugubres qui mettent
la tristesse dans l'âme. Non, je ne m'étais
pas trompé : c'était bien lui... Quand j'arrivai au château, il était là. Nous nous croi-
sâmes sur le seuil ; il n'avait plus ce regard
chargé de colère et de menaces ; il était morne
et semblait vieilli de dix ans. Il s'était rangé
pour me livrer passage, et me lança un de
ces regards de chien fidèle qu'on vient de
frapper à mort. Une immense pitié me saisit,
mais je passai droit, la tête haute, lui ren-
dant à peine son salut. Le salon était désert,
tout plein d'ombres, car la pluie s'était mise
à tomber, une de ces pluies à larges gouttes,
qui coulent comme des larmes le long des
vitres; les nuages blafards s'étendaient épais;
les plaines s'effaçaient au loin dans une
teinte grisâtre ; au fond, dans les chemins
creux, les paysannes s'enfuyaient relevant
leurs jupes sur leur tête, semblables à de

sombres oiseaux... et tandis que je regardais cette nature en deuil, on m'appela : mon père me faisait dire de passer chez lui. J'obéis, sentant bien qu'il allait se passer quelque chose de décisif ; je ne savais pas ce que j'allais dire, je ne voulais pas y songer, mais j'étais résolu à tout.

Mon père écrivait et ne leva même pas les yeux. Je m'assis en face de lui... Une vieille pendule occupait toute l'encoignure du mur ; machinalement je me mis à compter les mouvements du balancier. Combien de minutes s'écoulèrent ainsi? je n'en sais rien ; je n'avais plus l'idée juste du temps. Enfin mon père déposa sa plume et se retourna vers moi.

Je me mis à le regarder fixement, comme je venais de regarder la pendule.

« — J'ai vu Kos, dit-il brusquement. Je ne

veux pas me mêler de vos amours; cependant j'ai dû subir les plaintes du père. Je n'aime pas qu'on se plaigne... Voici donc ce qu'il faut faire : vous allez doter la fille et la marier. »

Et mon père m'avança plusieurs rouleaux d'or.

Je les poussai avec force : ils glissèrent d'abord le long de la table, puis allèrent tomber sur le tapis, se déroulant, s'éparpillant, formant mille brillantes spirales.

Ce bruit me tira de mon atonie : ce fut comme une secousse électrique, une implacable fureur m'envahissait tout entier.

De son côté, mon père s'était levé blême; nous nous regardâmes quelques instants en silence : moi éperdu, hors de moi; lui faisant d'incroyables efforts pour se maîtriser.

«—Vous êtes fou ! » me dit-il avec hauteur.

Alors cet orage intérieur depuis si longtemps amassé éclata. Tout ce que j'avais
sur le cœur, toutes ces souffrances endurées,
ces affronts subis, toutes ces peines d'enfant
délaissé qui n'avait jamais eu de tendresses,
jamais personne pour le consoler, je les lui
dis ; je lui reprochai son indifférence : « Il ne
m'avait pas aimé ; qu'étais-je donc pour
lui ? J'avais grandi comme un étranger dans
sa maison... et maintenant que j'avais enfin
le bonheur, il le foulait aux pieds : il insul-
tait celle que j'aimais, sans la connaître.
Mais je me vengerai ; j'épouserai cette fille
outragée ; oui, j'en prenais Dieu à témoin, je
l'épouserai malgré lui, dussé-je avoir affaire
au monde entier ! » Je ne sais ce que je
dis encore, mais je parlai longtemps de la
sorte ; mon père s'était levé, il paraissait
calme, il ne m'interrompit pas une seule fois.
Quand j'eus fini, quand je retombai brisé,

8

anéanti, il s'arrêta devant moi et scanda
lentement chacune de ses phrases:

« — Vous voulez l'épouser, épousez-la;
mais que je n'entende plus parler de vous,
vous êtes mort pour moi : j'obtiendrai un dé-
cret de déshérence et de bannissement. Vous
portez mon nom, je ne veux pas de misère :
vous n'avez rien ; votre mère était pauvre...
je pourvoirai à vos besoins... Allez, vous
avez huit jours pour réfléchir, et puisse Dieu
vous éclairer !

— « Mon parti est pris, répondis-je en m'en
allant, je partirai le plus tôt possible. »

Et je sortis, dois-je le dire ? le cœur sou-
lagé. Sous son masque d'impassibilité, mon
père devait cependant cacher une grande
douleur : je l'avais froissé dans son orgueil
et dans son affection de père ; mais la ven-
geance est si douce, même pour les moins

mauvais!... Pour la première fois de ma vie,
·j'avais fait usage de ma volonté ; j'en éprouvais une sorte de fierté, mais aussi de l'angoisse : l'inconnu s'ouvrait devant moi.
Avant tout, il fallait avertir Niela, lentement,
jour par jour ; elle ne consentirait jamais à
s'unir à moi contre le gré de mon père. —
Quand je la revis le lendemain, elle parta-
geait mes appréhensions de la veille. « Vous
avez raison, dit-elle, je crois que mon père
nous a surpris : il est tout triste, il ne me
parle plus ; il me regarde à la dérobée, et
lorsque mes yeux rencontrent les siens, vite
il les détourne. Il a été au château hier, je
l'ai su, mais il ne m'en avait rien dit : j'ai
peur ; que faut-il faire ? » et au moindre bruit,
la pauvre enfant se serrait tremblante contre
moi. Je la rassurai : « Non, ses craintes
étaient vaines, nous allions être heureux et
bientôt peut-être l'un à l'autre... » Elle me

regardait avec ravissement. « Ah ! dis-moi
que tu ne me trompes pas. » — « Non, je te
le jure, seulement sois prudente; il faut
cesser de nous voir pendant plusieurs jours. »
Elle acquiesça à tout ; je parlais avec confiance et, en me voyant si calme, elle sentait elle aussi se dissiper sa frayeur. En la
quittant, je lui dis encore : « Espère, tu ver-
ras que nous serons heureux ; » puis je la
rappelai : « Non, nous ne pouvons rester
sans nous voir ; je viendrai demain. » —
« Mais où ? je n'oserais plus venir à l'enclos. » — « Où ? à la hutte. »

« — Ah ! mon doux Jésus ! à la hutte ! chez
mon père?

« — Oui, il faut que je lui parle, je vous
apporterai une bonne nouvelle. »

Elle resta immobile, me regardant comme
si elle n'eût pas compris.

« — Oui, répétai-je en m'éloignant, à de-main, à la hutte...» Chemin faisant, je pensais à toutes ces choses. Certes j'aimais Niela ; mais quand je songeai que j'allais bientôt quitter ces lieux si chers, que je ne verrais plus ces bois, que je n'entendrais plus ces bruits qui avaient bercé mon enfance : ni l'oiseau dans les branches, ni les cris des chasseurs, ni les paysans chanter leurs « *dumka* » (1) dans les prés ; que j'allais partir peut-être pour toujours, ne plus jamais re-voir cette terre, dont je connaissais les moin-dres plis, alors mon cœur se serra. Je pen-sais aussi à mon père, ce pauvre père si calme, si pâle, que j'avais injurié : je ne l'avais pas vu de la journée, comment me présenter devant lui... et le remords se glissa dans mon âme.

---

(1) Nom qu'on donne aux chants populaires.

8.

Le château dressait sa masse sombre devant moi : il n'y avait de lumières ni au salon, ni dans les appartements de mon père; par contre l'office était brillamment éclairé : on y festoyait sans doute en notre absence. Sur le seuil, maître Jean fumait sa pipe. Maître Jean était une sorte de majordome; maître Jean était Français; il avait suivi la grande armée dans sa retraite : il n'avait pas seize ans alors. Un jour, on le laissa pour mort sous la neige : des paysans l'apportèrent au château. Mon père n'avait pas son âge : on le soigna, et depuis Jean était resté dans la famille, moitié serviteur, moitié compagnon. Il avait vieilli au milieu de nous; il avait vu mourir mes grands-parents et ma mère; il m'avait souvent bercé, me contant les histoires de son empereur : je l'aimais, et il se serait fait tuer pour moi. Il parlait mal notre langue, il avait oublié la

sienne, mais il jurait comme pas un de nos
gardes. C'était la probité même ; les autres
s'en défiaient et s'en moquaient. Chaque soir,
durant toute l'année, maître Jean venait
s'asseoir sur les marches du perron, il
fumait sa pipe et chantait de vieux refrains
guerriers. On lui passait volontiers ses petites
manies. Souvent les gentilshommes nos
voisins, qui eux aussi avaient fait le coup
de feu, venaient causer avec Jean.

Ce soir-là, Jean ne chantait pas, il se leva
en me voyant venir et toussa plusieurs fois,
car c'était sa manière d'entamer la conversation. Je passai outre, puis me retournant, je
lui demandai si mon père était chez lui.

— « Ah ! bien oui, chez lui ! — je ne sais
où vous courez tous ; depuis que ta pauvre
femme de mère est morte, la maison est toujours vide. Allez, vous seriez plus heureux

si elle était de ce monde... toi, tu ne courrais
pas les bois, et notre maître n'aurait pas
toujours l'air si triste. » Jean avait le langage rude, c'était encore un travers ; mais on
s'y était fait à la longue ; pour l'heure, il
n'était pas content : car je continuais à mon-
ter, sans lui répondre. « Fais donc le fier,
toi aussi, grommelait-il entre ses dents ;
tu ferais mieux de faire la paix avec ton
père ; il est parti tantôt, mais il ne tardera
pas à rentrer. Allons, on sait bien des choses
aussi, quoique vous autres, vous n'ayez pas
un brin de confiance ! » Et Jean me suivait,
car il avait voulu conserver son service, il
me déshabillait tous les soirs avec de vrais
soins de mère. Dans ma chambre, il con-
tinua son monologue, appelant à son aide
tous nos jurons polonais. Je m'assis devant
le feu et je rêvai tout éveillé. Jean allait et
venait et parlait toujours. Au bout d'une

demi-heure, j'entendis des pas dans l'escalier et ma porte s'ouvrit. C'était mon père : je me levai tout droit, et si troublé que mes jambes fléchissaient sous moi. Jamais mon père n'était venu dans ma chambre. Il fit à Jean le signe de se retirer, et vint s'asseoir à côté de moi : il était plus pâle que d'ordinaire ; et pour la première fois, je vis dans son regard ce quelque chose d'anxieux que portent avec elles les personnes atteintes mortellement au cœur ; alors je n'y fis pas attention ; mais depuis que de brûlants remords ! Mon père était de ces hommes de fer en apparence, mais dont l'âme est rongée de douleurs secrètes jusqu'à en mourir : quel mal avais-je dû lui faire ! Il voulut me parler, mais ses lèvres avaient des frémissements nerveux et son front se couvrait de sueur. J'étais déjà vaincu ; je lui pris les mains : elles étaient froides ; lui serrait les miennes, et les retint longtemps

« — J'ai voulu vous voir, me dit-il très-bas
tandis que sa poitrine se soulevait oppres-
sée... j'ai voulu vous voir; car je souffre...
Hier vous m'avez dit des choses cruelles...
Nous ne nous sommes pas connus. Je vous
ai élevé comme j'avais grandi moi-même.
Je n'ai jamais cru, voyez-vous, qu'on pût
douter de l'amour d'un père. Si j'ai eu des
torts envers vous, que Dieu me les pardonne, oubliez-les aussi! Je vous aime... je
ne vous l'avais jamais dit... à quoi bon? Le
croyez-vous maintenant? Je veux que vous
soyez heureux, voilà pourquoi je vous ai
ainsi parlé hier... Je vous ai dit : « Si vous
« l'épousez, partez, je n'aurai plus de fils. »
Eh bien ! non, il ne faut pas partir...
moi seul ici, tout seul, je mourrai de regrets... Voulez-vous nous entendre? Vous
me promettrez d'attendre, et moi je ne re-

jetterai plus absolument vos projets. Nous
allons voyager pendant un an. Oh! je ferai
tout pour que vous l'oubliiez... Vous êtes si
jeune! vous aviez besoin d'aimer... c'est ma
faute; je vous croyais une âme moins tendre; mais pourquoi ne vous être jamais ouvert à moi? Nous attendions tous deux, et
nous nous sommes fait du mal, beaucoup de
mal. Me promettez-vous d'agir comme je
vous le demande? Vous avez ma parole en
échange. Si au bout d'un an vous l'aimez
encore, eh bien! que la volonté de Dieu
s'accomplisse! Oh! mon fils, au nom de tout
ce que nous avons eu tous les deux de plus
cher, au nom de votre mère... dites, le
voulez-vous? »

Je promis... Pouvait-il en être autrement? Je pris les mains de mon père et
je les couvris de baisers. En le voyant
si triste et si humble devant moi, je pleu-

rai... Oui, je lui promis de me soumettre à ses désirs, de partir avec lui, où il voudrait, et quand il le voudrait... Alors il se leva et m'attira vers lui; nous nous tînmes longtemps embrassés : nous avions attendu vingt ans pour nous connaître et savoir combien nous nous aimions.

Ce soir et pour la première fois depuis des années, je me mis à genoux; je sentais se détendre toutes les fibres de mon cœur; ce mal secret, cette lente tristesse qui avaient empoisonné mon enfance, s'en allaient enfin. Et je remerciai Dieu : il m'avait donné une amante, et il venait de me rendre un père.

*
* *

De roses clartés glissaient le long du ciel ;
le vent, qui venait du nord, achevait de dé-
parer les arbres. Une couche épaisse de
feuilles sèches, jaunies, jonchaient le sol et
bruissaient sous mes pas avec ce frôlement
de soie qui indique l'approche de la femme
aimée. C'était le dernier sourire de l'automne : le soleil pâli avait encore de chauds
rayons ; les fils blancs de la Vierge flottaient

9

dans les airs et se suspendaient mollement aux branches ; les oiseaux fuyaient par bandes, vers le sud ; je les suivais des yeux, il me semblait qu'ils emportaient sur leurs ailes quelque chose de ma vie : c'était un printemps de moins ! L'enclos était désert, le givre du matin argentait la mousse et la terre ; contre les vieux troncs noueux des pins, les pics aiguisaient leurs becs ; et ce bruit cadencé, interrompant seul le silence des bois, était triste. Quand j'arrivai à la maisonnette, mon cœur battait violemment. Kos sortait le fusil sur l'épaule, il allait disparaître derrière les grands arbres ; j'entendais son pas lourd et régulier qui devenait de plus en plus vague : un instant encore, et il allait être trop tard. Je l'appelai : « Kos ! Kos ! » Ma voix résonna au loin se heurtant d'arbre en arbre... Il se retourna, parut réfléchir, puis revint sur ses pas.

J'étais parti la conscience tranquille, joyeux de la surprise que j'allais causer au vieillard, et maintenant, en face de lui, la frayeur me saisissait et je n'osais plus parler. Il le fallait pourtant.

« — Kos, lui dis-je, je suis venu pour vous parler de choses graves ; rentrons, nous serons mieux au coin du feu. »

Il poussa la porte sans répondre et me fit passer devant lui. Dans la cheminée, le feu mourait : il s'agenouilla et se mit à souffler sur les bûches éteintes.

« — Asseyez-vous toujours, me dit-il en désignant un banc... » La flamme s'éleva, s'engouffrant dans l'âtre; alors Kos se releva... De la pièce à côté, j'entendais Niela chantant le cantique que nos paysans répètent chaque matin :

> Quand l'aurore se lève,
> Et l'Océan et la terre,
> Et ce qui vit au monde
> Chantent ta gloire, ô Seigneur !

Kos semblait écouter cette voix : je le regardai, ses yeux avaient des reflets fulgurants et ses lèvres se crispaient ; je me sentais de plus en plus faiblir.

« — Vous êtes venu chez nous hier », lui dis-je enfin.

Il me fit un signe de tête.

« — Kos, mon père a été injuste envers vous. »

Il se releva tout droit, les poings fermés.

« — Non, non, cria-t-il, je ne peux pas, je ne peux pas rester calme, entendez-vous ? Ne me parlez jamais de ça, ne m'en parlez jamais, car je ne répondrais plus de moi...

On a beau être si bas, si misérable, on se
relève toujours sous l'insulte. Ne me parlez
pas d'elle! Que vous ai-je donc fait, moi
malheureux? Mais si, il faut que vous m'en
parliez! pourquoi êtes-vous venu dans cette
forêt? Vous m'avez pris mon enfant, c'est
tout ce que j'avais au monde. Vous m'auriez dit : « Kos, il me faut ta vie, » que je
vous l'aurais donnée; mais ma fille, ma
fille, cette pauvre innocente, vous me l'avez
prise pourtant. Vous n'avez donc pas
d'âme, vous, monsieur, qui êtes si beau?
Vous pensiez donc que j'étais un lâche? et
maintenant que voulez-vous, que venez-vous
faire ici? me donner de l'argent? mais vous
me donneriez votre château, vos terres, vos
richesses que je vous les jetterais à la tête.
Tenez, je suis fou, je pourrais vous tuer.
Ah! j'ai aussi la mort dans l'âme, j'ai des
pleurs là qui m'étouffent. Voyez, suis-je

assez humble? je me traîne à vos pieds!
Ah! par l'amour de Dieu! dites que ce n'est
pas vrai, dites que je me trompe, qu'elle
n'est pas perdue... » Et alors, comme la
voix du pauvre vieux devenait déchirante
au milieu de ses larmes, la porte s'ouvrit
doucement et Niela entra : elle voulut
venir à nous, mais ses forces la trahirent,
et elle s'appuya contre la muraille, joignant
ses mains comme pour la prière... Je m'étais
levé, je la pris par la main et je la ramenai
vers son père; il nous regardait d'un œil
morne. Niela, elle, tremblait de tous ses
membres. Au-dessus de la porte pendait
l'image de la Madone, de la Vierge noire,
miraculeuse, et devant brûlait sans cesse
une petite lampe. J'élevai la main et je dis
lentement :

« — Par cette sainte Madone que notre pays

vénère, notre reine, par l'enfant qu'elle tient entre ses bras... je jure d'épouser Niela ! »

Et quand j'eus prononcé ce serment, personne ne répondit, mais il y eut comme une sainte frayeur ; enfin Niela me serra les mains et me dit : « Ah ! prends garde, tu l'as juré... souviens-toi ! » Alors Kos aussi sortit de sa stupeur ; il se mit à parcourir la chambre, il s'éloignait et revenait vers moi. « Vous l'avez juré ! vous avec juré sur notre Vierge ; c'est donc vrai... Niela, entends-tu ? il t'épousera... Il ne pourrait pas blasphémer !... un serment ! pensez, la damnation éternelle si vous y manquiez... Non, c'est impossible, non, je n'en veux pas, retirez-le, ce serment, retirez-le... Comment ! vous épouseriez ma fille... elle serait riche, heureuse ; elle, une grande dame !... mais moi qui ne serai toujours qu'un paysan ! Non, non, c'est impos-

sible... Moi, votre père ! Ah ! le diable nous
tente ; mon Dieu, chassez-le ; mon Dieu, je
deviens fou, éclairez mon esprit. »

Kos parla longtemps ainsi ; puis, quand il
se fut calmé, je les fis asseoir tous les deux
auprès de moi ; je leur racontai ce qui s'était
passé la veille, comment mon père avait
presque consenti à notre mariage. « Kos,
disais-je, vous avez été injuste : vous avez
soupçonné votre fille ; c'est une sainte, je
l'aime, elle sera ma femme... Il me faut
partir... Un an ! c'est bien long... mais notre
bonheur à tous en est le prix. » Niela pleurait ; son père s'était laissé glisser à ses
genoux, il lui baisait les mains, et cet
homme si rude avait alors des tendresses
toutes féminines : il l'appelait de ces dimi-
nutifs doux et charmants dont les langues
slaves sont si riches : « Ah ! ma fille adorée,

ma petite perle, mon âme, non, tu ne pouvais
être coupable. Pardonne à ton vieux père ;
mais pourquoi ne m'as-tu jamais rien dit ? »
Puis il se retourna vers moi :

« — Pardonnez, vous aussi : vous êtes bon,
vous ne pouvez pas mentir ; et pourtant j'ai
cru un instant que vous m'insultiez. Nous
autres pauvres gens, nous sommes si mé-
fiants ! vous pouvez tant de choses contre
nous ! Tout à l'heure, je voulais vous tuer ;
je me serais tué après, qu'importe ! Niela
elle aussi serait morte ; je pensais à tout
cela. Hier, je suis allé trouver votre père :
je la croyais perdue, j'ai pleuré comme un
enfant ; mais il m'a renvoyé, il a été dur
pour moi. Aujourd'hui, c'est vous qui
venez ; vous dites que vous l'épouserez...
Je vous crois ; et pourtant, quelque chose
me dit que cela ne se peut. Le bon Dieu,
voyez-vous, ne vous a pas créés l'un pour

9.

l'autre ; l'églantier fleurit dans nos forêts, il
se fanerait dans vos serres... Vous partez ;
pourquoi avez-vous juré ? vous l'oublierez ;
un jour vous rougiriez de votre amour ! si
vous l'épousiez, vous auriez honte de la fille
de votre serf. Vous nous avez laissé l'honneur ; que Dieu vous en récompense... je ne
veux pas de votre serment... Mais elle,
elle vous aime, la pauvrette, elle ne sera
plus heureuse, elle mourra peut-être de ne
plus vous voir ; et moi, mon Dieu ! quand
je pense à tout cela, j'ai peur. Mais je prie-
rai tant la Madone, je brûlerai tant de
cierges à l'autel, que l'enfant vous ou-
bliera... Allons, partez, adieu, que notre
doux Jésus vous garde ! Voyez-vous, elle
dit qu'elle vous attendra... Si pourtant Dieu
le voulait... Vous reviendrez la voir demain. »
Et Kos, me poussant doucement par l'épaule,
referma la porte.

* *

Je vis une dernière fois Niela la veille de
mon départ : il faisait déjà sombre, il tombait
une pluie fine et glacée mêlée de neige. On
ne voyait rien devant soi... Je l'appelai,
elle me répondit du hangar... Elle était là,
assise sur un tas de pierres, repliée sur
elle-même, la tête dans ses mains... En un
instant, je fus près d'elle ; ses mains étaient

froides comme celles d'une morte, et tout son corps tremblait.

Des feuilles sèches, des copeaux et des sciures de bois, blanches et tendres comme la plume, recouvraient le sol : je lui en fis une molle couche ; puis j'allumai du feu avec les branches que n'avait pas mouillées la pluie, elles s'enflammèrent bientôt avec de longs craquements. Alors je m'agenouillai auprès de ma bien-aimée, je réchauffai dans mes mains ses pieds nus et glacés, je l'appelai de ces noms que l'amour seul peut inventer. Elle m'écoutait, la tête légèrement rejetée en arrière, les yeux fixes et voilés de pleurs. La chaleur ranimait peu à peu ses membres engourdis. « Vois-tu, dit-elle, je voulais être brave, mais je ne puis, je ne puis pas feindre... je souffre tant !... Je suis folle peut-être, mais quelque chose me dit que nous

nous voyons pour la dernière fois... Comment ferai-je, quand tu ne seras plus là... demain?... mais il me semble que le soleil ne se lèvera plus, qu'il fera toujours sombre ! sombre comme maintenant!...Regarde le ciel, notre étoile s'est voilée !... Si tu restais... Mais non, il faut que tu partes, tu l'as promis. »

Nous parlâmes ainsi des heures, nous interrompant l'un l'autre, renouvelant mille fois nos serments. Une lueur rougeâtre se montrait à l'orient : c'était l'aube, ce fut aussi l'instant des adieux, mais l'alouette ne chantait plus au lever de l'aurore : elle avait quitté nos climats.

* *

Huit jours après nous étions à Paris ; nous
devions y passer l'hiver. Mon père croyait
que les plaisirs, le monde, les fêtes amène-
raient bientôt l'oubli. Ma tante vint nous
rejoindre au commencement de l'année...
C'était la première fois que je voyais Marie
depuis notre dernier entretien : elle se montra compatissante et bonne. Elle avait changé,
elle était remarquablement embellie : son

teint s'était coloré, sa taille se dessinait plus
souple et plus arrondie. Elle eut un grand
succès. En la voyant si entourée, si charmante, sa mère ne se possédait pas de joie ;
l'excellente femme avait presque oublié le
chagrin que je lui avais causé.

D'ailleurs, j'allais être remplacé ! Lord B...,
que nous connaissions déjà, devint éperdu-
ment amoureux de Marie. Ma tante, en parlant du lord, disait toujours : « Sa Grâce, »
et elle avait la bouche pleine de ce mot.

Ce fut vers le même temps que je connus
la princesse Alexandra O...

Cette femme était connue « du tout Paris. »
Elle était belle ; ses traits avaient une pureté
de lignes toute grecque, elle se traînait avec
ce je ne sais quoi de langoureux qu'ont les
almées de l'Inde ; ses lèvres rosées, voluptueu-

sement retroussées, se plissaient souvent au
milieu d'un sourire ; dans son regard d'un
vert pâle, il y avait cette tristesse et cette
profondeur qui caractérisent la femme slave.
Elle avait un de ces passés dont on **parle**
beaucoup : on hésitait encore entre l'admiration et le mépris ; on la recevait sous toute
réserve ; les jeunes filles rougissaient sans
savoir pourquoi. Son mari, un vieux général
en retraite, avait lui aussi tué son « acro-
bate ; » mais il ne voulut jamais pardonner.
La princesse était venue se fixer à Paris.
Elle prenait du reste le mal en patience.
Quand je la vis, ses relations avec N... s'af-
fichaient déjà d'une manière scandaleuse ;
elle était sur cette pente fatale où l'on roule,
de chute en chute, jusqu'aux fanges de
l'égout... C'était au fameux bal du littérateur
en renom dont on a tant parlé l'hiver dernier. La princesse apparut en océan. Les

algues marines ne cachaient qu'à moitié son corps souple et superbe. Il y eut rumeur à son entrée, elle s'avançait prodigieusement belle et dédaigneuse. Je me retournai, et je vis son regard fixé sur le mien : elle me fascina. Ma tristesse, cette timidité naturelle 'dont je t'ai parlé, me distinguaient du reste des hommes : je lui plus... ce fut un caprice ; il lui fallait déjà des impressions et des jouissances toujours nouvelles. Je me débattis pendant longtemps : l'image chaste et poétique de Niela était encore trop profondément gravée dans mon âme ; mais cette femme avait une force de séduction irrésistible. Loin d'elle, je la haïssais ; près d'elle, je retombais sous le charme. Il émanait de sa personne un parfum qui me grisait : alors je devenais fou. Un jour j'oubliai... Oui, je fus coupable, mais j'étais jeune, sans guide ; mon père m'encourageait dans cette voie

fatale, bien loin de m'en détourner. Il aimait
mieux me voir aux pieds d'une courtisane
que l'époux d'une pauvre, mais sainte fille.
Je souffrais cruellement; ces terribles ardeurs, que cette femme allumait en moi, me
rendaient méprisable à mes propres yeux.
Que de nuits de remords après des nuits de
débauche! que de fois ai-je pleuré de rage!

*
* *

Vers les premiers temps j'écrivis souvent à Niela ; je me dégradais, mais je l'aimais toujours. J'avais conscience de mon avilissement, j'en souffrais jusqu'à la torture, et pourtant je m'y enfonçais chaque jour davantage, comme ces malheureux qui périssent étouffés dans la vase.

Mon père me raillait, disant : « Elle ne te

répondra pas; lui as-tu appris à écrire? »
Et Niela n'écrivit pas en effet; alors je fis
comme elle, d'abord par colère, et puis aussi
parce que je m'en sentais indigne.

*
* *

Un triste incident, survenu à la même époque, modifia ma vie et aurait pu m'arracher à l'abîme si Dieu ne m'eût pas abandonné.

Mon père, dont la santé ne nous avait jamais inspiré de craintes, fut saisi de violentes crises d'étouffement. Les médecins, appelés en toute hâte, parlèrent d'une maladie de cœur. Durant trois jours, il fut à la mort, haletant, l'œil morne et plein d'angoisses, balbutiant des mots incohérents. Je me souvins alors de ce triste soir où nous nous étions expliqués pour la première fois : son regard m'avait frappé ; il portait en lui le germe du mal. On prescrivit le repos le plus absolu et un climat plus doux. Il n'y avait pas de temps à perdre ; nous partîmes pour Nice. Le pauvre malade souriait, heureux de ce déplacement qui mettait une plus grande distance entre elle et moi. Nous, encore tout effrayés, nous lui cachions de notre mieux la gravité du mal : seule, ma tante ne cessait de se lamenter. « Chère amie, lui disait-il, pourquoi ce chagrin ? Voyez, je suis gai, me voilà tout à fait rétabli. » Mais elle continuait à pleurer ; elle pleura ainsi jusqu'à Nice... L'arrivée de lord B..., qui vint nous y rejoindre quelques jours après, sécha fort heureusement ses larmes.

Ce beau ciel du Midi ; cet air si pur, plein d'aromes; la splendeur du paysage; les Alpes dans un fond lumineux ; la mer d'un bleu de saphir ; la verdure et le soleil en plein hiver, et des fleurs et des roses ; toutes ces clartés, tous ces parfums berçaient mollement notre âme. Mon père revenait à la vie ; moi aussi, je me sentais renaître ; un grand calme se faisait en moi. En face de ces horizons grandioses, je pensais à nos bois lointains, à Niela si douce et si chaste qui m'attendait avec courage, elle, tandis que je m'étais laissé envahir par de coupables ardeurs. J'eus honte de moi-même, il me semblait qu'un mot d'elle serait comme un pardon. Je lui écrivis, comptant les jours écoulés et ceux qui devaient s'écouler encore, me plaignant de son silence, renouvelant mes promesses, la suppliant de quitter la chaumière pour aller vivre à la ville...

Elle me répondit cette fois... Un jour,
mon père était absent, on me remit son
courrier. Parmi toutes ces lettres, il y en
avait une, la seule que j'attendais, la seule
qui pût me faire oublier le monde entier. Je
la pris, je la couvris de baisers, cette lettre
si ardemment désirée; j'avais des impatiences
fébriles de l'ouvrir, et pourtant j'avais peur :
mon cœur battait avec force, arrêtant ma
respiration ; enfin je la lus, la dévorant du
regard, puis revenant à chaque phrase. Ah !
je le savais bien, Niela ne pouvait m'avoir
oublié : comme moi, elle comptait les jours
écoulés ; comme moi, elle ne vivait que de
la pensée du retour ; mais son père était
inexorable, il ne voulait pas quitter la
hutte : « Non, répondait-il à toutes ses
prières, je veux mourir ici. Pourquoi nous
en aller ? t'aimera-t-il donc mieux à la
ville ? »

Toutes mes inquiétudes, les derniers troubles de mon âme se dissipèrent comme ces nuages qui laissent enfin voir le ciel bleu après une pluie bienfaisante. J'étais trop heureux, j'avais besoin de solitude : je sortis, je traversai la promenade des Anglais, pleine de monde. On m'appela... j'allais toujours, ne répondant à personne ; enfin je fus en face de la mer. Alors, au milieu de ce silence grandiose, qu'interrompait seul le murmure des vagues, je me mis à rêver ; et que ne rêvai-je pas ce jour-là ? Quelle félicité ! quel avenir radieux ! Je sentais mes forces décuplées ; l'exaltation me faisait oublier la fatigue ; le port et le môle étaient loin derrière moi ; la ville, avec ses toits reluisant au soleil, brillait dans le lointain comme un énorme diamant ; j'avais des transports de joie enfantine : je saluais les barques au passage, je criais mon admiration à la mer, au

10

ciel, aux montagnes boisées de la côte ; enfin
je me laissai tomber à l'ombre des rochers,
et je dormis.

Quand je me réveillai, la mer montait et le
soleil était bas ; j'avais passé toute une journée délicieuse, seul avec mon bonheur. Une
heure après, je rentrais à la ville. C'était
l'instant où Nice se montre dans toute sa
splendeur : l'orchestre fait entendre ses sons
joyeux, les équipages s'entre-croisent, de
charmantes femmes vous envoient leurs
plus doux sourires, les promeneurs s'arrê-
tent par petits groupes... Bientôt je fus entouré... Mon air joyeux, mes habits couverts
de poussière excitaient la curiosité.

« — Qu'avez-vous ? d'où venez-vous ? quelle
bonne fortune ?...

« — Rien, je me suis promené, je rentre,
et je meurs de faim.

« — C'est là tout ?

« — Absolument tout.

« — Bien vrai ?

« — Je ne vous comprends plus. »

Alors Charles W... se mit à rire.

« — Messieurs, je vais vous livrer son secret.

« — Ah ! ah !

« — Écoutez donc.

« — Ah mais ! lui dis-je, vous n'avez pas le droit de livrer mon secret.

« — C'est vrai, très-vrai, aussi je retire le mot ; ce n'en est un pour personne : tout le monde le sait.

« — Tout le monde sait quoi ?

« — Tout le monde sait qu'elle est arrivée.

« — Qui donc elle ?

« — Ah ! messieurs, n'est-ce pas trop abuser de notre patience ? Eh ! parbleu ! qui ? la princesse. »

... Je restai comme étourdi ; le nom de cette femme réveillait en moi de trop récents souvenirs.

« — Ma parole ! il n'en savait rien », murmurait Charles, tandis que s'écartait le cercle qui s'était formé autour de nous. Je restai seul avec lui, et il m'entraînait en riant.

« — Vous voilà tout pâle... moi, je ne me fais plus de ces émotions. Venez, elle vous attend, je lui ai promis de vous amener. »

Un instant j'eus l'idée de fuir, mais je ne sais quelle force fatale me poussait en avant.

Et puis, quand je vis son sourire, quand

j'entendis sa voix, quand je respirai ce parfum pénétrant qui lui était propre, le sang
me monta à la tête et je sentis que j'étais
redevenu esclave.

.01

*
* *

Je ne chercherai pas à me défendre; je
crois seulement que tout était contre moi
dans cette chute.

J'avais une immense fortune, un grand
nom, un extérieur agréable. Ma vie s'était
écoulée chaste jusqu'alors, dans un milieu
où n'avaient pénétré ni les raffinements, ni
les turpitudes des villes. L'amour de Niela,
cet amour exalté, sans bornes, avait par sa

réserve même fini par exciter mes ardeurs de vingt ans. Alors je changeai brusquement de vie. On m'arracha à la solitude, à mes rêveries, pour me lancer dans ce tourbillon de la vie parisienne. On me tendit la coupe de jouissances à pleins bords... Je résistai longtemps par un reste de pudeur, par timidité naturelle. Quand je me vis au milieu de ce monde élégant, frivole, charmant après tout, se mouvant toujours dans un même cercle : le boulevard, Tortoni, les clubs, le Bois et les courses, les premières de chaque représentation, j'éprouvai un vague malaise, quelque chose comme de l'étourdissement et de la stupeur. On me raillait doucement, on me citait partout pour un exemple de vertu : je protestai ; j'avais honte de mon ignorance... Alors aussi, je vis la princesse... et, quand cette femme, d'une grâce irrésistible dans sa corruption, m'enlaça dans ce réseau de voluptés dont je n'avais même pu soupçonner la trame, je ne résistai plus ; je devais succomber.

Cet amour me posa... Quand on sut qu'elle m'avait relancé jusqu'à Nice, ce fut un hourra général : j'eus de la vogue... mes millions y étaient pour beaucoup... On m'entraîna, je suivis la pente ; d'abord j'imitai les autres, bientôt je voulus faire mieux... Alors ce furent des nuits blanches, passées dans l'ivresse au milieu de femmes, de fleurs et de tas d'or : je perdais des sommes folles avec une insouciance royale... et personne pour m'arrêter ; d'ailleurs aurais-je écouté les conseils ? Mon père laissait faire ; il n'avait qu'une idée : briser ce mariage qu'il appelait un déshonneur : le reste n'en était pas un. Un jour pourtant il me parla raison... Je lui répliquai que c'était lui qui l'avait voulu... Nos relations avaient changé... Depuis cette scène qui précéda notre départ je parlais haut : comme toutes les natures faibles, j'abusais de mon triomphe... et mon père se rongeait en silence.

*
* *

J'avais passé la nuit au cercle des Étran-
gers : nous avions joué... le baccarat avait en-
glouti plusieurs fortunes en quelques heures.
Ma chance fut insolente. Je voyais en face
de moi ce pauvre Charles W... pâle comme
un mort, les dents serrées, essuyant à tout
moment son front plein de sueur... Il perdait... Son or me brûlait les mains... A tra-

vers les rideaux baissés, le soleil levant faisant irruption blanchissait la lumière des girandoles. Sur la grande table du milieu, les banquiers comptaient leur or ; les joueurs s'éloignaient un à un. Les uns avaient laissé tomber leur tête dans les mains : ils dormaient ou songeaient à leur malheur ; les autres, debout près des fenêtres ouvertes, exposaient leur front brûlant à la brise du matin. Quand je sortis, la fraîcheur, la pureté de l'air dissipa les fumées de l'orgie ; l'étourdissement cessait, je me faisais honte à moi-même : j'aurais voulu être souffleté comme M. de Camors.

Nous habitions la villa du prince S... ; il y avait un rassemblement devant la porte : des ouvriers, des femmes, les garçons de l'hôtel voisin... tout ce monde causait à voix basse... on s'écarta pour me laisser passer ;

les regards semblaient fixés sur moi ; je passai sans y prendre garde, obsédé par mes
pensées ; je traversai le vestibule désert :
personne ne m'y attendait comme de coutume, ni le majordome, « il signor Zamboc-
chi », ni le suisse remplaçant le « Zamboc-
chi, » ni le concierge remplaçant le suisse : la
loge du concierge était ouverte... En montant, je crus entendre à plusieurs reprises la
voix de mon père, une voix lamentable, qui
me fit tressaillir, tant il y avait en elle de
plainte et d'angoisse ; mais j'avais souvent
de ces illusions... J'entrai : toutes les portes
étaient ouvertes ; dans le salon, un désordre
lugubre... des chaises renversées, un gué-
ridon, des journaux jetés pêle-mêle à terre .
Je pressentais quelque malheur, je courus
droit à l'appartement de mon père... On
n'entendait rien... le silence régnait... j'ou-
vris doucement, mais la portière baissée

m'empêchait de voir... J'écoutai encore...
Cette fois j'entendis des plaintes vagues,
comme si quelqu'un étouffait des sanglots. Il
s'écoula un instant ainsi. J'étais pris d'une
frayeur indicible : je restai cloué à ma place
entendant toujours ces pleurs ; enfin j'écar-
tai les tentures ; mais au même instant, Jean,
le valet de chambre, se dressa devant moi,
pâle, les cheveux en désordre, les yeux
rougis.

« — Il ne faut pas entrer là », dit-il d'une
voix étranglée ; et, se rejetant vivement en
arrière, il s'arc-bouta des deux bras contre
la porte.

« — Laisse-moi, laisse-moi, criai-je ; je veux
entrer, il y a un malheur ! » et je secouai le
vieillard, qui tremblait de tous ses membres.
Il s'était jeté à mes genoux... il parlait d'une
manière incohérente. « Ah ! si vous saviez !...

11

non, non, n'entrez pas... Ah! pitié, mon
Dieu! que faire? » Et il m'entourait de ses
bras : je me débattais contre cette étreinte ;
enfin il tomba, m'entraînant presque dans sa
chute ; je passai sur son corps. Alors, dans
cette chambre que le soleil dorait de ses
clartés, y jetant ses rayons par la fenêtre
ouverte, je vis mon père gisant sur le par-
quet, la face blême, ne donnant plus signe
de vie. Je me jetai sur lui avec un grand
cri... mais il était froid... il était mort...

Je me relevai machinalement, sans savoir
ce que je faisais, riant d'un rire stupide, répétant : « Il est mort, mort! ...» et j'entendais
Jean qui balbutiait entre ses sanglots : « Vous
l'avez tué, vous, vous aussi. Je savais bien
qu'il se mourait... Il ne disait ses peines à
personne... il était trop fier, et ça l'a étouffé...
Ah! pauvre maître, il avait ouvert la fenêtre ;
il s'était traîné jusque-là... mais l'air n'y

faisait plus rien... c'était la mort. J'ai entendu un grand bruit ; c'est son corps qui
tombait raide... Je suis accouru : il a cru que
c'était vous, et il vous a appelé... mais sa
voix s'en allait... c'était fini. »

On avait été chercher un médecin... il arrivait. « Toute ma fortune si vous le rap-
pelez à la vie! Docteur, voyez, peut-être
n'est-il pas mort.

« — Hélas ! répondit-il en laissant retomber sa main, il est trop tard.

« — Trop tard, non, c'est impossible, ne
vous en allez pas ; on peut le sauver, je vous
dis qu'il n'est pas mort. »

L'homme de science hocha la tête, salua
encore et sortit ; alors je demandai ma
tante... On l'avait déjà prévenue. Marie

arriva la première, si pâle et si effrayée qu'on dut s'occuper d'elle.

Mon père était étendu sur son lit, les mains jointes sur sa poitrine, serrant une croix. Des cierges brûlaient tout autour, et le prêtre lisait les prières des morts.

Lorsque, la foudre tombant dans la forêt, le
voyageur voit s'abattre le chêne qui tout à
l'heure encore lui servait d'abri, il sent que
la vie arrête pour quelques instants en lui son
cours régulier, et il demeure plongé dans les
ténèbres et la stupeur. Ainsi, dans nos grandes peines, aux premiers déchirements, aux
premières angoisses du désespoir succède un

calme trompeur ; et alors, comme le flot immobile entre deux coups de l'ouragan, l'âme
se replie sur elle-même, et il semble que le
plaisir n'a plus de voluptés, la tristesse plus
d'amertume... Cette impression, je la ressen-
tais : il se fit un grand silence en moi-même.
En même temps, comme le voyageur qui se
retourne pour jeter un dernier regard au
chemin parcouru, je revoyais cette première
période de ma vie, avec ses transports, ses
ardeurs, ses espérances, ses tristesses et ses
ambitions... j'embrassais d'un coup d'œil mon
enfance isolée, mes fièvres d'adolescent, mes
premières amours... et là tout près de moi, se
heurtant dans un tourbillon dont la poussière
m'aveuglait encore, toutes ces hontes ré-
centes, cette femme qui me souillait de ses
caresses, ces veilles se prolongeant dans
leurs débauches.

Je voyais aussi l'image de mon père ; mon

père, avec une plaie saignante au cœur, qui me regardait pâle et triste... Cette image, c'était le remords; désormais elle devait projeter son ombre sur tout le parcours de ma vie... Et j'eus peur de moi-même : j'étais maudit... je portais malheur aux êtres chers. Ah! ma douce, ma bien-aimée Niela qui m'attendait si patiente et si résignée! Allait-il encore être trop tard? Oui, je renonçais à une vie de bonheur; mais, mon Dieu! donnez-m'en, ne serait-ce qu'un instant... La revoir! et ensuite, qu'importe! la mort.

Aujourd'hui ce pieux sentiment seul subsistait dans mon âme, et moi, qui la veille encore ne résistais pas aux étreintes de la femme dont je ne veux plus prononcer le nom, je la revis une dernière fois sans que mon cœur en fût ému.

Elle était accourue à la nouvelle de mon

départ, avec des prières et des larmes, tour à tour hautaine, pleine de désirs et de langueur, se traînant à mes pieds et se relevant pour m'injurier : je la regardais impassible, sans haine, ni colère ; elle se jeta sur moi, m'entourant de ses bras, mais je frissonnai comme au toucher d'un serpent.

« — Ah ! plutôt la haine, criait-elle, insulte-moi, tue-moi, entends-tu ? tue-moi !

« — Non, lui dis-je, je ne peux même plus vous haïr. »

Elle s'enfuit avec des rugissements de lionne blessée.

« — Ah ! maudit sois-tu, maudite la femme qui te rendra père et maudits tes enfants ! »

Alors seulement je baissai la tête et je tremblai ; j'avais peur de ma destinée.

Je devais partir dans quelques jours.

* *
*

Mon père avait toujours demandé à être en-
seveli sur le sol natal. « Si je meurs en terre
étrangère, nous disait-il souvent, souvenez-
vous de me ramener au pays, pour que je
repose à côté des miens! » Vers les derniers
temps, et par un pressentiment de sa fin pro-
chaine, il en avait parlé à plusieurs reprises.
« Promettez-le-moi, » demandait-il, un soir
qu'il semblait plus gai et que l'espérance de

11.

le voir bientôt guéri rentrait dans nos cœurs ;
et comme nous riions, lui reprochant doucement ses sombres idées... « Non, non, reprit-
il, je ne serai pas tranquille avant que vous
me l'ayez promis. »

Hélas ! nous ne pensions pas devoir si tôt
accomplir ce vœu... Nous l'avions déposé
dans un caveau provisoire... maintenant il
me semblait à moi aussi que la terre natale
lui serait plus légère, et j'avais hâte de revenir au pays, pour hâter les formalités d'u-
sage.

Un soir, la veille de mon départ, je m'étais
enfermé dans le cabinet de travail de mon
père, où j'achevais de ranger divers papiers.

Tout à coup, en parcourant des lettres entassées pêle-mêle dans un tiroir à secret, j'a-
perçus une large enveloppe grise, telle qu'en
emploient chez nous les notaires et les peti-

tes gens. Un coup d'œil jeté sur l'écriture, informe quoique fine et allongée, suffit pour tout m'expliquer. L'enveloppe portait le timbre du 2 avril; elle était donc cachée depuis plus de six semaines... Alors je me rappelai plusieurs circonstances : l'absence de mon père, le hasard qui m'avait fait un jour recevoir ses lettres : la seule fois que j'eusse obtenu des nouvelles de Niela... et le jour se fit dans mon esprit... Moi qui l'accusais d'oubli!... Ah! vois plutôt comme elle m'aimait... Tiens, lis cette lettre, je n'en ai ni la force, ni le courage.

Je pris cette feuille froissée et jaunie par les larmes, que me tendait mon malheureux ami... Voici ce qu'écrivait la pauvre fille, qui, elle aussi, se croyait délaissée :

. . . .

« Witold, mon ami, mon frère... je vous

« aime, je vous aime toujours ; et je me meurs
« de peine... Demain peut-être je ne serai
« plus : j'ai tant souffert ! Je n'ai pas pu me
« faire à votre absence ; et puis on m'a dit que
« vous aviez oublié l'humble fille des bois.
« Oh ! ce n'est pas vrai, mais je n'ai plus eu
« de courage... Maintenant, je m'en vais...
« pour toujours ? Oh ! non ! la mort serait ter
« rible ! On m'a appris que Dieu était bon, et
« qu'il réunissait au ciel ceux qui se sont ai-
« més sur cette terre : j'y crois ; la mort me
« semblera douce ainsi. Je vous attendrai.
« Witold, là-bas nous serons unis, et rien
« ne nous séparera plus, et nous serons heu-
« reux, auprès de Dieu, auprès des anges,
« éternellement.

« Je suis à bout de force... je sens mes
« yeux se couvrir d'un voile noir... je veux
« être à vous jusqu'à la fin... Ah ! comme je

« vous aimais! Et vous? pourquoi m'avez-
« vous délaissée? Si je pouvais vous voir un
« instant!... peut-être n'est-ce pas vrai, peut-
« être m'aimez-vous encore... mais je meurs,
« je meurs seule, avec ce doute horrible...
« Ah! par pitié, venez, venez vite, je suis
« faible, j'ai peur de mourir... Si vous étiez
« là, je vivrais...

« Mon père pleure au pied de mon lit et
« je dois lui sourire et le consoler... C'est fini!
« j'ai des frissons mortels qui ne me quittent
« plus. Un jour on me trouva raide, étendue
« dans l'enclos : j'y allais toujours, je croyais
« toujours vous y voir : la neige tombait sur
« mes épaules, c'était mon voile de ma-
« riée. On m'a couchée, je me débattais, je
« disais que vous m'attendiez à l'église, et
« les cloches sonnaient... Je ne me suis
« pas levée depuis .. Oh! il y a longtemps

« de cela. Maintenant le soleil brille, le
« ciel est tout bleu, il n'y a plus de neige,
« il y a de belles fleurs, il y a des oiseaux
« qui chantent; et moi je ne verrai plus
« rien, je n'entendrai plus rien... Tout est
« fini : je me suis confessée hier, j'ai de-
« mandé pardon à Dieu de vous avoir trop
« aimé... Quand vous reviendrez, ne passez
« pas sans une prière auprès de ma tombe...
« Adieu ! Vous souvenez-vous du jour où
« nous lûmes *Graziella?* Je meurs comme elle
« pour avoir trop aimé. Adieu, l'ombre gran-
« dit et le froid monte au cœur... adieu pour
« cette terre, mais au revoir au ciel ! »

. . . .

C'était navrant, je n'osais plus regarder
Witold ; il pleurait la tête dans ses mains.

... Je partis, dit-il enfin, — j'allais, j'allais toujours sans penser, j'entendais le bat-

tement sourd, monotone du fer sur les rails,
et il me semblait que ce bruit était en moi-
même. Ma tête était lourde et vide à la fois ;
j'entendais parler sans comprendre ; le train
fuyait toujours ; les paysages glissaient devant moi, baignés de lumière, mais je fer-
mais les yeux au soleil, sans savoir d'où venait cet éclat. Combien de temps dura ce
voyage ?... Un matin j'arrivai... ma voiture
m'attendait à la gare. Autour de moi rien
n'avait changé ; les paysans s'en allaient au
travail me saluant, et s'arrêtant pour me regarder... Bientôt un grand rideau d'arbres
intercepta la vue : c'était le bois. Alors tous
mes souvenirs se réveillèrent : ces douces
émotions de nos premières amours, nos longues causeries, nos chastes caresses, nos
promesses et nos serments... et j'entendis
une voix me crier : « Trop tard ! trop tard ! »

Je me fis arrêter à la lisière du parc, je

m'enfonçai seul dans la forêt : l'incertitude dans laquelle j'étais plongé torturait mon âme.

Le ciel, d'une blancheur lactée, se bordait d'or à l'orient. Ce n'était pas encore le jour, et ce n'était plus la nuit ; il avait plu, des frissons de clartés glissaient, dorant les flaques d'eau de la plaine. La nature entière secouait son sommeil. C'était une émanation de parfums : les lilas, les cerisiers, les marronniers en fleurs m'envoyaient leurs effluves. Dans ce fouillis de verdure, tout un monde d'oiseaux chantait au jour naissant. Au-dessus des bois sombres le ciel s'empourprait ; çà et là, des lucioles brillaient dans les buissons, comme blanchissent à l'aube les lumières d'un bal. Quelle matinée, mon Dieu ! quelle sève, quelle joie en ce monde ! Et dire qu'en face de cet épanouissement de la nature, il y a des êtres si malheureux !

J'avais dépassé l'enclos : le ruisseau y coulait toujours avec le même bruit sur son lit rocailleux ; je revis le saint, la ruine et le hangar : rien n'y était changé ; je traversai la clairière toute brillante de rosée... j'approchais enfin, et l'espérance rentrait dans mon âme, semblable à ce rayon qui perce un instant les nues, pour s'effacer aussitôt. Voici le sentier et le hêtre à l'ombre duquel s'élève une tombe : je ne distingue rien encore, car les blanches vapeurs du matin glissent bien bas, se suspendant aux branches. Mais soudain il s'y fait une longue trouée : c'est le soleil qui se lève inondant le ciel de ses clartés ; alors seulement j'aperçois une croix, une croix connue : c'est là que repose la femme du garde. Ah ! Dieu cruel, tout à

côté, et plus dans l'ombre, il y avait une
autre tombe et une autre croix... Il était trop
tard!... Niela était morte!... Je tombai à
genoux, j'entourai la croix de mes mains,
le front collé contre la pierre... et puis,
comme je restais là sans mouvement, sans
pensée, sous le coup de cette grande stupeur, j'entendis un bruit terrible, quelque
chose comme si la forêt entière se fût abat-
tue sur ma tête; une secousse électrique
parcourut mon corps, un voile noir passa
devant mes yeux... puis plus rien... J'eus
un éblouissement funèbre, un grand frisson
d'anéantissement.

*
* *

Quand je revins à moi, j'étais couché dans
le grand lit seigneurial, aux hautes colonnes
d'érable incrustées de nacre... Que s'était-il
passé? combien de temps avait duré ce sommeil de plomb? Il me semblait sortir d'un
de ces songes effrayants qui nous laissent, à
notre réveil, le corps brisé, l'âme pleine de
tristesse. Je voulus faire un mouvement pour
me soulever, mais une douleur longue, ai-

guë, me rejeta aussitôt en arrière... Mon
linge était souillé de sang... j'avais donc été
blessé... Autour de moi, partout sur les ta-
bles, des compresses, des bandages, des
fioles à moitié vides ou pleines. A travers la
fenêtre entr'ouverte, sous les rideaux baissés, je voyais un coin de ciel bleu et dessous
les hautes cimes des arbres, moutonnant
comme des vagues. Au coin du lit, et à moitié dans l'ombre, ma tante sommeillait dans
un fauteuil. L'excellente femme me parut
vieillie et fatiguée, plusieurs rides s'étaient
creusées sur son front, elle avait renversé sa
tête, et le journal échappé de ses mains, qui
croyaient le tenir encore, touchait presque
le rebord de mon lit. Je me baissai doucement, étouffant des cris de douleur, jusqu'à
ce que je l'eusse atteint. C'était le *Figaro*,
cette feuille vraiment internationale, dont
ma tante n'aurait pu se passer. J'essayai de

lire, mais je voyais tout trouble; les carac-
tères me semblaient de sang. J'allais laisser
retomber la feuille, lorsque mon nom, aperçu
par hasard dans un entrefilet des « faits
divers », vint attirer mon attention; j'épelai
plutôt que je ne lus les phrases suivantes :

. . . .

« Nous apprenons que le prince Witold S***,
« bien connu du high-life, a failli périr vic-
« time d'un odieux attentat... Le prince était
« à peine de retour de Nice, où sa liaison
« avec une belle étrangère, que nous ne nom-
« merons pas par discrétion, avait fait grand
« bruit, lorsqu'il fut assailli par un de ses
« gardes et frappé d'un coup de revolver. La
« blessure est grave, mais on ne désespère
« pas de le sauver. On ignore quel a pu être
« le mobile du crime. A l'heure qu'il est, le
« meurtrier est entre les mains de la jus-
« tice.

« Ajoutons que le prince avait tout ré-
« cemment eu le malheur de perdre son
« père. Nous avons dït que celte mort avait
« laissé un vide dans la haute société pari-
« sienne, où le noble défunt comptait de
« nombreux amis. »

. . . .

*
* *

Ainsi ce n'était pas un rêve ; tout cet af-
freux passé revint à ma mémoire. Ah ! pourquoi la mort n'avait-elle pas voulu de moi ?...
et ce père infortuné qu'ils appelaient un misérable !... qu'étais-je donc alors ? Ah ! mon
Dieu ! je le jure devant vous, ce temps qui
me reste encore à vivre, je veux l'employer
à le sauver. Aussitôt je réveillai ma tante.
Lorsque la pauvre femme vit que je lui par-

lais, que je la reconnaissais, elle se leva toute
droite avec un grand cri de joie. Ma chambre se remplit de monde en un instant : Marie,
le docteur, le chapelain, un vieux père bar-
nabite qui m'avait appris le latin, Jean encore plus courbé ; ils accoururent tous... et
ils me souriaient, ils me regardaient avec
des yeux humides : « Ah ! que le nom de
Dieu soit béni ! il est sauvé, sauvé ! » —
« N'est-ce pas, docteur, qu'il pourra bientôt
se lever ? » demanda Marie.

On a beau être triste, on a beau désirer la
mort, il y a quelque chose de doux dans ce
renouveau de la vie, lorsqu'on se voit entouré
de personnes aimées qui remercient le ciel
avec des larmes de joie de vous avoir enfin
arraché au danger. Hélas ! ce ne fut qu'un
éclair ; la réalité se dressait implacable
devant moi.

« — Oh! mes amis, leur dis-je, maintenant il ne faut plus songer à moi, maintenant il nous faut sauver cet homme, qui souffre par ma faute.

« — Que dit-il? sauver qui? Mais c'est toi que nous avons sauvé, enfant! »

D'un geste, je montrai le journal déplié, gisant à terre comme une grande aile brisée.

« — Ah! malheureux! il a tout lu, docteur, il a tout lu.

« — Eh! madame, que voulez-vous que j'y fasse?

« — Docteur, il faut absolument que j'écrive.

« — Bon, bon! vous écrirez une autre fois.

12

« — Aujourd'hui ; je ne suis pas en état de le faire... docteur, écrivez pour moi.

« — Tant que vous voudrez, mais à qui?

« — Au gouverneur.

« — Pourquoi au gouverneur?

« — Pour demander la grâce de Kos.

« — C'est parfaitement inutile...

« — Non, non, il le faut absolument, il le faut.

« — C'est inutile, je le répète ; eh! prince, croyez-vous donc qu'on ait attendu si long-temps pour s'occuper de vos affaires? Où donc seraient vos amis? Plus tard je vous conterai tout ça, mais soyez sans crainte : nous avons obtenu sa grâce. Le vieux est fou... il voulait être jugé : on sera, ma foi, contraint d'avoir recours à la force pour le faire sortir de prison. »

Je serrai la main du docteur.

« — Allons, mon malade, disait-il, soyons sage, du calme.

« — Non, je vous en prie, parlez-moi de lui... Dites, l'avez-vous vu? vous a-t-on laissé pénétrer dans son cachot?

« — Oui, je l'ai vu; il faut bien tout vous dire : vous en auriez la fièvre autrement. Je l'ai vu; il ne vous en veut pas; je l'ai trouvé accroupi dans un coin de sa cellule... Ses gardiens m'avaient dit qu'il ne parlait pas; il passe ses journées à baiser un morceau d'étoffe, un bout de la robe de sa fille. Quand il me vit, il se mit à sourire tristement : « Et notre jeune maître? » demanda-t-il aussitôt. « Nous le sauverons. » Alors il se leva se parlant à lui-même : « Vieux, pourquoi as-tu commis ce crime? et ta fille qui te voyait! Kos! c'est lâche ce que tu as fait là... Mais il

m'avait pris mon enfant, lui, monsieur!...
Qu'on me juge, je veux mourir, j'ai voulu
le tuer! » Et puis il reprenait avec des larmes : « Pauvre jeune maître, pauvre enfant,
je l'aime parce qu'elle l'a aimé... Il a dû
bien souffrir, lui aussi. » Il serrait mes mains
dans les siennes, il ne voulait plus me laisser
partir; sans cesse, il me parlait de sa fille...
« Ah! docteur, vous l'auriez sauvée si cela
eût été possible, mais que pouvons-nous
contre Dieu? » Je partis enfin, mais voyez
vous, moi, un vieux soldat qui ai vu tant de
misères, je me sentais faiblir comme une
femme... et, par le corbac, j'ai pleuré!... oui,
j'ai pleuré... J'ai fini. Maintenant, soignez-
vous et soyez sûr qu'on va remettre le pauvre
homme en liberté. »

* *

Une semaine ne s'était pas écoulée depuis la scène que je viens de décrire, lorsqu'un soir, au moment où tout le monde allait se retirer, il s'éleva une grande rumeur dans le corridor : c'étaient des voix confuses, des piétinements qui s'éloignaient et se rapprochaient tour à tour. Comme le bruit se prolongeait, je dis au chapelain d'aller voir ce qui se passait.

12.

Plusieurs minutes s'écoulèrent; les voix se rapprochaient de plus en plus. Ma tante, à demi morte de frayeur, criait à l'assassin; j'entendais le père Victor qui disait : « Non, vous n'entrerez pas, vous ne pouvez pas entrer... » et l'on reprenait avec des tons suppliants : « Ah! mon petit père, mon saint prêtre, par votre salut, laissez-moi le voir! »

En même temps la porte s'ouvrit, et derrière le chapelain, qui faisait de grands signes de détresse à ma tante, j'aperçus Kos... Tous les regards étaient tournés vers lui; il se fit un grand silence. Le vieillard s'était redressé de toute la hauteur de sa taille; ses vêtements, trempés par la neige et la pluie, laissaient dégoutter l'eau sur le tapis; son regard fixe, sa longue barbe blanche, lui donnaient un air vraiment fatidique. Il marchait droit devant lui, comme si tout ce monde qui l'entourait n'existait pas. Quand il fut au pied de mon lit, il s'agenouilla et, saisissant ma main, il la couvrit de baisers. Je sentais ses larmes brûlantes tomber lentement une à une; de temps en temps, il relevait la tête et me regardait dans les yeux. « Ah! doux Sauveur, il est si jeune! laissez-le à la vie... prenez-moi plutôt, moi qui désire tant mourir! » et puis il sanglotait, disant : « Oh *Panie!* (1) pardonnez-moi, j'ai tant souffert! Je suis venu ici tout droit, je ne suis même pas allé voir son tombeau. Ce matin, on est venu me dire : « Tu es libre, va-t'en et ne recommence « plus. » Moi je leur ai dit : « J'ai voulu tuer, « tuez-moi. » Ils ont ri, ils m'ont chassé, m'appelant « vieux fou; » alors j'ai marché toute la journée... Voyez, je suis encore tout blanc de neige... Excusez-moi, je voulais tant vous voir! Que Dieu me pardonne! et vous, mon

---

(1) Pan, Seigneur, monsieur.

maitre, au nom de l'innocente qui vous aimait, pardonnez-moi!... » et Kos se retira courbant la tête, se retournant plusieurs fois pour me lancer des regards pleins de larmes.

Cette scène déchirante avait épuisé mes forces.

La nuit, la fièvre me reprit ; j'eus des accès de toux qui me labouraient la poitrine ; la première fois que je vis du sang, j'eus peur : l'instinct de la vie est si fort !... Un jour, on m'envoya à Nice ; voilà plus de six mois que nous y sommes... Que te dirai-je de plus ? ma tante ne m'a pas quitté, elle me soigne comme une mère ; Marie doit toujours épouser lord B... et toujours elle retarde son mariage. Pour moi, je n'ai plus d'espoir ; ce que je veux, c'est le repos, le calme de la mort.

. . . .

Je me mis à lui parler de Dieu, de l'éternité, mais je sentais qu'à cette immense douleur il n'y avait plus de consolations humaines possibles.

— Hélas ! disait-il, avec un sourire si triste qu'il me fendait le cœur... que pouvons-nous contre la destinée ? J'expie sur cette terre des fautes inconnues ; c'est une loi... et il me récita lentement les vers du poëte :

Les fautes que l'aïeul peut faire,
Te poursuivront, ô fils ! en vain tu t'en défends.
Quand il a neigé sous le père,
L'avalanche est pour les enfants.

Deux ans s'étaient écoulés ; j'avais fait de
grands voyages, parcouru l'Inde, traversé la
mer Rouge, visité les Saints-Lieux ; tout un
monde se dévoilait à mes regards avides.
Avec ces horizons inconnus, de nouvelles
idées s'élargissaient devant moi. Quand je
revins au pays, ma première pensée fut pour
Witold ; je courus au château de S... Le long

de ma route, tout ce que je voyais me rappelait mon enfance..... et les peupliers se balançant souples comme la taille d'une jeune fille, et les moulins élevant leurs bras dans les airs, tantôt les tournant rigides vers le ciel, tantôt y traçant toujours le même orbe; et de loin en loin les clochers d'une église, se dressant comme d'immenses aiguilles du fond de la plaine ; et les vastes champs de blé, que bordent les forêts ; et les lacs immobiles brillant comme des morceaux de cristal au milieu des sables ; et les prairies que baignent de larges fleuves, au bord desquels viennent s'abreuver les troupeaux. Les pâtres, appuyés sur leur bâton, le regard perdu dans l'espace, chantaient leurs complaintes. A la porte des chaumières, des enfants en chemise, leurs blonds cheveux au vent, se rassemblaient pour voir passer l'étranger, tandis que les femmes et les filles, brunies au soleil, mais belles sous leur turban aux chatoyantes couleurs, me disaient en abaissant leur main jusqu'à terre : « Que Jésus soit glorifié ! »

En face de moi, sous l'épaisse ceinture de feuillage dont l'entouraient le parc et le bois, le château dessinait sa masse imposante. Qu'allais-je y trouver, la mort ou la vie? Je voulais arrêter le paysan qui passait silencieux le long de la route, et lui crier : « Ami, que se passe-t-il là-bas ? » mais j'avais peur de sa réponse, et je continuais mon chemin...

Enfin je vis la grille tout brillante de dorure, et les magnifiques pelouses du parc, et les corbeilles de fleurs qui m'envoyaient leurs parfums. Un sable fin recouvrait les allées ; j'apercevais les cygnes qui glissaient lentement, traçant un long sillage sur les pièces d'eau. Alors l'espoir me revint... c'était la vie..... Et, suivant la grande avenue de tilleuls toute blanche de fleurs, je me disais : « Si c'est Jean qui me reçoit à la porte, je ne l'interrogerai pas, ses yeux m'en diront assez » Mais Jean ne vint pas au-devant de moi, il était si vieux quand je partis!.... pauvre Jean! Je ne vis que des visages inconnus Une fois encore, la même demande se posa sur mes lèvres... et une fois encore elle y expira..... On m'introduisit dans la grande salle des Gobelins... Rien n'y avait été changé : les bacchantes dansaient toujours leur ronde échevelée... Auprès de la croisée s'ouvrant sur la terrasse, deux femmes causaient... elles se retournèrent et vinrent vivement à moi ; toutes deux étaient en deuil. J'avais compris... L'une d'elles me prit les mains en pleurant... ses larmes coulaient semblables aux grosses gouttes d'une pluie d'orage... et elle disait, s'interrompant dans

13

ses sanglots : « Vous ne saviez donc pas ?...
Il est mort ! C'est vrai, vous étiez si loin ! où ?
en Asie ? Quel malheur, mon Dieu ! quel malheur !... » Vous avez reconnu la comtesse.
L'autre ne pleurait pas, mais elle était pâle
et ses lèvres tremblaient... C'était Marie...
Nous nous taisions ; seule la pauvre mère
continuait ses plaintes confuses :

— Si jeune, monsieur, si jeune ! vingt-
deux ans, et tout pour lui... Il est mort calme ;
vous verrez leurs tombes, il a voulu être enterré près d'elle... Lui qui aurait pu être si
heureux... et ma pauvre enfant à moi !... J'ai
vieilli, n'est-ce pas ?... mais j'ai tant pleuré !

Il y avait quelque chose de navrant dans ce
bavardage enfantin... elle ne prenait pas
garde à notre silence ; elle parlait toujours !...

— Si vous voulez y aller, Marie vous ac-

compagnera ; moi je reste, je vous attendrai... ça me fait tant de mal !

La malheureuse femme avait raison : il
ne fallait pas remettre au lendemain un aussi
pieux devoir.

Nous partîmes, marchant en silence... ab-
sorbés tout deux... De temps à autre, et
lorsqu'un souvenir la frappait au cœur,
Marie s'arrêtait :

— Voyez, dit-elle, ces arbres, nous les
avons plantés encore enfants, nous leur
avions donné nos noms ; le sien est si beau,
si vert... Tout me le rappelle ici... Ma mère
voudrait partir ; mais j'en mourrais de peine...
Cette grande terre est à nous maintenant...
Dieu refuse aux uns le pain de chaque
jour, et il nous comble de richesses... à quel
prix ! Pourtant, si vous saviez combien est

grande ma misère !... Je ne me plains pas, à quoi bon? mais comme je souffre !...

Nous arrivions : à l'angle du chemin s'élevait une chapelle ; les arbres l'entouraient de leurs rameaux ; ils y murmuraient leurs plaintes au souffle du vent, et les oiseaux chantaient.

Il régnait en ce lieu un calme plein de sérénité.

A droite de l'autel, deux tombes disparaissaient sous des touffes de fleurs ; les vitraux jetaient tout autour une vague lueur, et une lampe brillait dans le chœur... Sur le marbre des tombes, un vieillard prosterné priait, et son front se courbait si bas vers la terre qu'il effleurait les guirlandes et les couronnes mortuaires... c'était Kos. Quand il me vit, il se releva et me montra sans rien

dire leurs tombes. Nous priâmes longtemps
tous les trois.

.   .   .   .

Marie voulut encore me conduire à l'enclos : je revis le banc de pierre que tapissait
la mousse, et la fontaine miraculeuse, et la
vieille ruine pleine d'ombre. La voix des
ramiers entre les grands arbres nous rappelait leurs amours, et l'eau coulait lentement
avec ce doux murmure qu'ils aimaient à entendre, et la tête du saint portait encore
des couronnes qu'avaient tressées leurs
mains.

Marie regardait devant elle, immobile ; ses
yeux n'avaient point de larmes ; je sentais
une immense pitié à la vue de cette enfant,
si belle, si courageuse, qui restait seule avec
ses souvenirs et son amour dédaigné.

— Ah ! lui dis-je, vous auriez pu être
si heureuse !

Elle tressaillit comme au sortir d'un rêve; et sa main, glissant sur le tronc d'un vieux hêtre, me montra cette inscription touchante qu'elle y avait sans doute un jour elle-même tracée :

SPERANZA.

www.ingramcontent.com/pod-product-compliance
Lightning Source LLC
Chambersburg PA
CBHW061447030726

47503CB00005B/1603